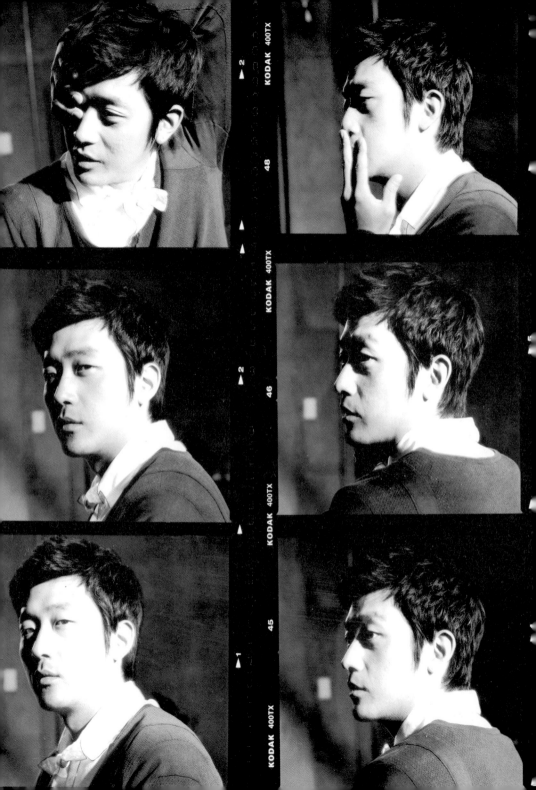

하정우,
느낌 있다

하정우 에세이

문학동네

CONTENTS

A PAINTER#

화가놀이
하고 있어

이런 말을 인터뷰에서 몇 차례 한 적이 있다.

언젠가부터 해외에 나갈 일이 있으면 입국신고서 직업 칸에 '배우actor'라고 적지 않고 '화가painter'라고 적어요. 그렇게 적는 편이 훨씬 자연스럽고 편하거든요.

그런데 이렇게만 말하면 의미가 정확히 전달되지 않는 것 같다. 마치 배우라는 직업보다 화가라는 직업이 내게 더 잘 맞고 의미 있다는 이야기처럼 들린다고 할까. 화가라는 직업에서 묻어나는 난해하고 자유분방한 이미지 때문에 스스로를 '주체할 수 없는 예술적 재능을 지닌 배우'로 포장하는 것처럼도 들리고.

물론 그림 그리는 일이 정말로 즐겁고 또 나 자신과 뗄 수 없이 중요하지만 이렇게 들린다면 문제가 좀 있다. 실은 진짜 이유가 따로 있기 때문이다. 내가 입국신고서에 화가라고 적게 된 결정적인 사건, 그 사건에 대해 이야기하고자 한다.

영화 〈시간〉(2006)을 찍고 미국에 여행을 갔을 때였다. 내게는 의미가 큰 여행이었다. 스무 살 무렵, 부푼 꿈을 안고 뉴욕에 처음 갔다가 어쩔 수 없는 사정 때문에 다시 한국으로 돌아와야만 했다(「회색시대」, 162쪽). 그 일은 무려 7년 동안 내 삶에 그늘을 드리웠다. 그 시간이 끝났음을 기념하고, 그동안 잘 버틴 나 자신을 격려하고자 추진한 여행이었다. 내가 다시 미국에 왔구나, 하는 감격. 그리고 다시 돌아온 나를 반겨다오, 하는 기대. 그렇게 온통 설레고 기쁘기만 한 순간이었다.

아침 7시, 애틀랜타에 도착하자마자 담배 생각이 간절해서 서둘러 뛰어나갔다. 첫번째로 입국심사대를 통과하려는데 심사원이 이곳에 왜 왔느냐고 물었다. 그때 나는 청재킷 차림에 수염을 기르고 비니를 쓰고 있었다. 아, 배낭까지 메고. 한국에서는 누가 봐도 쿨하고 내추럴한 차림이었는데 그곳에서는 그렇게 보이지 않았나보다. 친구를 만나러 왔다고 대답하는 나를 한참 쳐다보더니 저쪽 사무실로 가라고 손짓했다. 그곳에는 아랍 남자, 러시아 여자 등이 초조한 표정으로 모여서 대기하고 있었다. 느낌이 좋지 않았다. 나를 기다리고 있을 친구에게 도움을 요청해야겠다는 생각이 스쳤다. 전화를 사용하겠다고 했더니 쓰지

Actor | 캔버스에 펜 | 53×45.5cm | 2008

말라고 하면서 취조실 같은 곳으로 데려가는 것이다. 왜 이곳에 왔느냐고 계속 물어보면서.

나는 지금도 그렇지만 자고 일어나면 반드시 화장실에 가도록 몸이 길든 사람이다. 아침 7시에 도착했으니 당연히 몸에서 신호가 왔다. 그래서 일단 화장실에 보내달라고 했더니 보안요원으로 보이는 남자가 나를 외진 곳으로 끌고 갔다. 문 앞에 도착하자 그가 자물쇠를 따고 안으로 들어갔다. 안을 보니까 유치장인지 누군가가 갇혀 있는 게 아닌가. 그리고 그 사람 바로 옆 훤히 보이는 곳에 변기가 있었다. 보안요원이 들어와서 사용하라는 고갯짓을 했다.

아니, 문도 없고 변기 덮개도 없고 화장지만 하나 달랑 놓여 있는데, 게다가 옆에서 누가 보고 있는데 어떻게…… 할 말을 잃었지만 몸에서는 계속 신호가 왔다. 급하다고, 어서 해결해달라고. 별수 없었다. 그렇게 굴욕적인 상황은 난생처음이었다. 그리고 내가 이제껏 상상해본 적도 없는 상황에 처했다고 생각하니 앞으로 무슨 일이 생길지 알수가 없어서 두려워지기 시작했다.

남자는 나를 끌어 다시 취조실로 데려갔다. 정신을 똑바로 차려야겠다고 생각했다. 일단 영어가 짧으니 내가 말실수를 하면 더 큰일이 닥칠 것 같아서 통역을 불러달라고 했다. 알았다고 대답할 리가 없었다. 그저 계속해서 미국에 왜 왔는지 추궁할 뿐이었다. 혹시 여기서 오래 일하려고 입국한 게 아니냐 의심하면서.

그 순간 생각했다. 다음부터는 절대 직업 칸에 'actor'라고 적지 말아야지. 지금 그 단어 때문에 내가 이 고생을 하는구나, 싶었다. 그들의 눈에는 동양인에 'actor'라는 내가 불법체류를 할 사람처럼 보였던 것이다. 이래 봬도, 칸의 레드카펫까지 밟은 사람인데……

　그리하여 그다음부터는 장난처럼 'painter'라고 적게 된 것이다. 'actor'라고 적었을 때 발생할지도 모르는 그날의 악몽을 미연에 방지하고자 함이다. "그렇게 적는 편이 훨씬 자연스럽고 편하거든요"의 의미가 이제 어느 정도 설명이 되었는지 모르겠다. 그런데 재미있는 사실은 장난으로 스스로를 '화가'라고 규정한 다음부터는 정말로 나를 화가라고 느끼기 시작했다는 점이다.

　그동안 꾸준히 그림을 그리기는 했지만 '화가'라고 스스로를 지칭하기에는 조금 어색하고 부끄러웠다. 내게 화가란 전문적으로 그림을 공부하고 관련 학과를 졸업하고 오로지 작업실에 틀어박혀서 그림만 그리는, 너무나 먼 당신이었기 때문이다. 지금도 그림과 관련해서 언론 인터뷰를 하고 다음 날 기사를 보면 재미있다. 나를 소개하는 호칭으로 '배우 겸 화가 하정우'라는 말이 무지 웃긴 거다. 배우면 배우고, 화가면 화가지, 배우인데다가 화가라니, 그건 또 뭔가 싶기도 하고.

　나와 관계된 미술계 사람들은 대부분 홍대에 있기 때문에 그분들과 만날 일이 있으면 홍대로 간다. 홍대에서 밥을 먹고 술을 마시고 있으면 내 친구들에게 전화가 걸려온다.

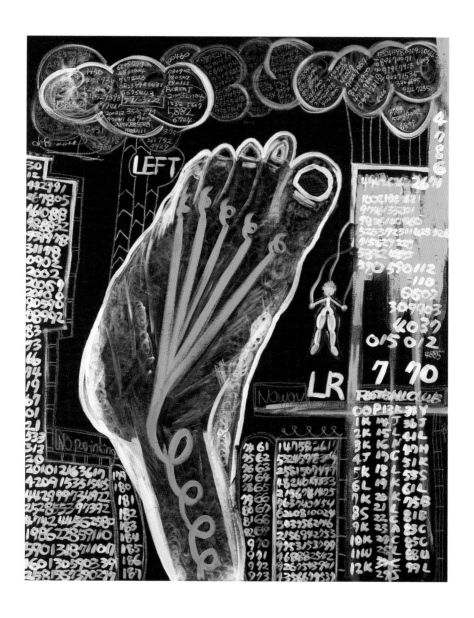

Foot | 캔버스에 아크릴릭 | 162×130cm | 2010

"어디야?"

"홍대."

"뭐 하는데?"

"화가놀이 하고 있어."

화가놀이, 한참 배우의 길을 걸어오다가 얼마 전에 들어선 또다른 길, 화가라는 이름이 스스로 어색해서 그렇게 말하고 마는 것이다. 그렇지만 뻘쭘함을 느낀다고 해서 화가의 길을 가볍게 생각하는 것은 결코 아니다. 내게 그림은 연기만큼 절대적인 것이니까.

무엇보다 내게 배우와 화가는 같은 뿌리에서 나온 다른 얼굴이다. 배우가 쌀로 밥을 짓는 일이라면 화가는 그 찌꺼기로 술을 담그는 일 같다고 설명하면 어떨까. 같은 재료로 만드는 것이지만 그 방법에 따라 결과물은 전혀 다르게 나온다.

운동선수처럼 독하게 훈련하고 경기에 임하는 자세로 영화를 찍는다. 그렇게 밥과 같은 연기가 만들어진다. 그러고 나면 몸과 마음에는 잔여물이 생긴다. 연기로는 해소되지 않는 무언가, 그것을 끄집어내어 그림을 그린다. 그러면 술과 같은 그림이 만들어진다. 그림이 나를 회복시키고 다시 연기에 정진하도록 고무하는 것이다.

이 책에는 그런 연기와 그림에 대한 이야기가 들어 있다. 그간 잘 알려지지 않았던 인간 하정우에 대해, 처음으로 솔직하고 진지하게 마

Keep Silence | 캔버스에 혼합매체 | 130×116cm | 2011

음껏 드러냈다. 각각의 이야기는 연기와 그림처럼 서로 보완적이어서 모든 이야기를 다 읽었을 때에야 인간 하정우를 어느 정도 이해할 수 있을 거라는 생각이 든다. 어쩌면 한 권의 책 속에 너무나 다른 이야기가 공존하고 있을지도 모르겠다. 하지만 그것은 모두 나 자신, 하정우의 삶에서 흘러나온 이야기이다. 하정우를 읽는 분들이 무엇보다 즐거웠으면 좋겠다.

자, 그럼 이제부터 하정우의 이야기를 시작한다.

그림의
첫 스승,
현정 누나

스케줄이 없어 집에서 쉬는 날이면 마음에 드는 화집을 골라 뒤적이곤 한다. 어떤 날에는 공부하는 마음으로 화집을 펼친다. 다른 화가들의 그림을 통해 내 그림 스타일을 만들어가기 위해서다. 이럴 땐 주로 바스키아(78쪽)나 피카소(230쪽)의 화집을 본다. 또 어떤 날에는 그림 속의 이야기에 귀를 기울이고 싶어진다. 조용히 마음을 정리하기 위함이다. 오늘이 바로 그런 날, 에드워드 호퍼(80쪽)의 화집을 꺼낸다. 이 화집은 드라마 〈히트〉(2007)를 찍을 때 현정 누나가 선물해준 것이다.

〈히트〉는 연쇄살인범을 잡는 일에 미친 여자 경위와 그녀에게 잃어버린 삶을 찾아주는 검사의 사랑을 다룬 이야기이다. 현정 누나는 운

명화 및 인물 드로잉

동화를 신고 다니면서도 신발장에 화려한 하이힐을 모으는 차수경 경위로 나왔고, 나는 그 신발장을 보게 된 다음부터 그녀를 좋아하게 되는 김재윤 검사로 나왔다.

현정 누나와 함께 나오는 신을 찍고 잠시 쉬던 중이었다. 소파에 앉아 있는데 테이블 위의 엽서가 눈에 띄었다. 세트장에 있던 소품인데 엽서 속 그림이 영화의 한 장면 같았다. 평소에 마틴 스코세이지가 자주 사용하는 롱숏long shot, 한 치의 오차도 없이 정면을 잡는 숏을 정말 좋아하는데 그 그림이 그랬다. 늦은 밤까지 문을 연 레스토랑 안에 한 쌍의 남녀가 나란히 앉아 있는 모습이 정면으로 보인다. 그리고 양옆으로 어떤 남자의 뒷모습과 주방장의 옆모습을 볼 수 있다. 마틴 스코세이지의 영화 속에 나오는 장면처럼, 느낌이 있었다.

옆에 앉아 있던 현정 누나에게 엽서를 보여주면서 혹시 화가가 누구인지 아느냐고 물어봤다. 현정 누나는 에드워드 호퍼가 그린 〈밤샘하는 사람들Nighthawks〉이라고 알려주었다. 그러고는 그에 대해 설명해주기를, 도시의 풍경을 사실적으로 그린 미국 화가로 특히 도시인의 고독한 감정을 잘 표현한 작가라고 했다.

알고 보니 현정 누나는 미술에 상당히 조예가 깊었고 관심 있는 작가의 그림을 직접 모을 정도로 미술을 좋아했다. 내가 그 그림을 마음에 들어하니 누나는 바로 다음 날 내게 호퍼의 화집을 선물해주었다. 그렇게 호퍼의 화집이 내 첫 화집이 된 것이다.

그 이후 우리는 화가와 그림에 대한 이야기를 자주 나눴다. 당시 나는 그림을 열심히 그리기는 했지만 내 그림이 어떤 화가들과 비슷한지 또 어떤 스타일인지 잘 모르고 있었다. 뿐만 아니라 미술에 대한 지식도 깊지 못했다. 중고등학교 때 배운 상식이 전부였던 것이다.

그래서 현정 누나와의 대화는 즐거운 미술 수업과도 같았다. 누나는 내게 자신이 좋아하는 화가의 그림을 보여주기도 하고 그 화가의 활동에 대해 설명해주기도 했다. 또 어느 날에는 누나에게 내가 그린 그림을 보여주기도 했는데 그러면 누나는 비슷한 느낌의 작가들을 소개해주곤 했다.

그렇게 알게 된 화가 중 한 명이 바로 엘리자베스 페이턴(82쪽)이다. 현재 활동하고 있는 젊은 여성 작가로 주로 인물화를 그린다. 아마추어처럼 그리면서도 인물의 특징을 잘 잡아내는 화가이다. 대상을 자세하게 묘사하는 스타일이 아닌데도 그림을 보면 인물의 개성이 아주 잘 드러난다.

현정 누나는 엘리자베스 페이턴의 색채가 내 그림과 상당히 비슷하다고 했다. 나는 그 말에 무척 놀란 한편 자신감도 얻었다. 그냥 느끼는 대로 그렸을 뿐인데 그림에 조예가 깊은 누나가 현재 활동하고 있는 유명 화가와 비슷하다고 하니 힘이 났던 것이다.

사실 그림을 시작할 때 학원을 다니지 않았던 이유는 데생만 오랫동안 배울까봐 염려되었기 때문이다. 그 과정에서 내 느낌과 표현 방

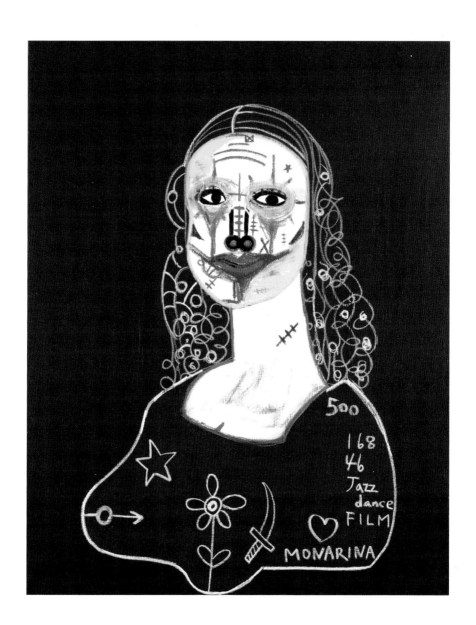

Monarina | 캔버스에 혼합매체 | 117×91cm | 2011

Queen | 패널에 혼합매체 | 90.5×52cm | 2010

식이 획일적으로 변할까봐 두려웠던 것이다. 하지만 때로는 내가 제대로 하고 있는 게 맞는지 궁금하기도 했다. 그런 내게 현정 누나의 말은 큰 확신을 주었다.

페이턴은 색채를 무척 과감하게 사용하는데 누나는 이런 점이 나와 비슷하다고 생각했던 것 같다. 연두색 셔츠를 입은 남자가 빨간 소파에 누워 있거나(83쪽 그림), 주황색 셔츠를 입은 남자가 빨간색 벽에 기댄 모습을 보면 굉장히 강렬하다. 실재 인물을 그린 것일 수도 있지만 페이턴의 눈을 거치면서 더 자극적으로 표현된 듯하다. 또 명암을 과감하게 넣어서 얼굴의 한쪽은 밝게 칠하고 반대쪽은 검게 칠하는데 그 때문에 사람의 표정이 아주 독특하게 느껴진다.

페이턴을 소개해준 다음 날 누나는 내게 페이턴의 화집을 보내주었다. 흥미로운 인물화가 많았는데 특히 마음에 든 부분은 각각의 인물이 취한 포즈였다. 매우 역동적이고 사실적이었다.

페이턴은 인물을 직접 보고 그리는 게 아니라 사진을 보고 작업한다고 한다. 그렇게 그려진 얼굴은 과장되게 눈을 치켜뜨고 있거나 내리깔고 있다. 눈꺼풀의 작은 근육이 만드는 미묘한 느낌 때문에 그림이 '사실적'으로 보였다. 담배를 쥔 손가락은 신경질적이며 턱을 괴고 팔을 늘어뜨린 채 쉬는 자세에서 위태로운 분위기가 풍기는데, 이런 표현이 또한 인물을 '사실적'으로 보이게 했다.

페이턴은 '사실적'이란 말의 범위를 넓히고 있었다. 사람들은 '사실적'이라는 말에 '응당 그럴 것'이란 편견과 추측을 담는다. 서로 기대앉은 모습이 다정해 보일 거라든가 엄마가 아이를 향해 뻗은 팔이 따뜻해 보일 거라든가 하는 식으로 말이다. 그러나 페이턴의 표정과 포즈는 그렇게 전형적인 사실과는 다르다. 페이턴이 잡아낸 인물에서는 그 인물만이 가진 독특한 개성이 드러난다. 바로 그 개성이 인물을 현실적으로 보이게 하는 것이다.

현정 누나는 페이턴 외에도 다양한 작가를 소개해주었다. 그중에서 루이즈 부르주아(1911~2010, 프랑스 출신의 화가이자 조각가)는 페이턴만큼이나 특별한 작가이다. 페이턴이 내게 화가로서 용기를 낼 수 있도록 북돋워주었다면 부르주아는 새로운 시도를 할 수 있도록 영감을 주었기 때문이다.

루이즈 부르주아는 백 살 가까이 되도록 활동을 멈추지 않은 열정적인 작가이다. 우리나라에서는 '엄마'라는 뜻의 〈마망Maman〉이 유명하다. 〈마망〉은 긴 다리의 어미 거미를 표현한 청동 조각상이다.

하지만 나는 그 청동 조각상보다 그녀의 드로잉이 훨씬 더 마음에 들었다. 흰 종이 위에 그려진 빨간 선에서 순수함이 느껴졌기 때문이다. 구불구불한 선은 마치 어린아이가 그린 것 같아서 보는 내내 웃음이 떠나지 않았다. 그리고 그 서툰 느낌의 선은 내가 왼손 낙서를 시도해볼 수 있도록 자극을 주었다.

영화 〈추격자〉(2008)를 찍을 때였다. 하루 종일 연쇄살인범 지영민을 연기하고 호텔로 돌아오면 머릿속이 복잡했다. 고된 촬영으로 몸은 지쳤고 머리는 좀처럼 맑아지지 않았다. 마음 역시 어둡고 무거웠다. 조명을 어둡게 하고 집에서 챙겨온 베개를 베고 누워도 편안해지지 않았다. 눈을 감고 조용한 음악을 들어도 마찬가지였다. 그때 나는 억지로 잠을 청하는 대신 그림을 그리는 편이 낫겠다고 생각했다. 루이즈 부르주아의 드로잉처럼 단순한 그림을 그리고 싶었다. 능숙한 오른손 대신 왼손으로 펜을 잡았다.

처음에는 무척 어색했다. 글씨 쓰기를 처음 배우던 어린 시절로 돌아간 기분이었다. 좀 모자란 사람이 된 것 같기도 했다. 하지만 곧 오른손을 쓸 때와는 다른 리듬감이 생기면서 속도가 붙었다. 쓰는 일에만 집중하니 마음도 점차 비워지는 것 같았다. 이상한 경험이었다. 전화번호 뒷자리나 비밀번호 같은 숫자를 한참 쓰다보니 머리가 맑아졌다. 그다음 날부터 〈추격자〉를 찍고 호텔로 돌아오면 왼손으로 낙서를 하기 시작했다. 왼손 낙서를 할 때만큼은 낯선 느낌에 사로잡혔기 때문에 나는 지영민도 하정우도 아닐 수 있었다. 그 낯선 느낌이 내게 자유를 준 것이다.

자신이 서 있는 지점을 알면 꿈도 더 선명해지는 걸까. 현정 누나가 선물해준 화집들 덕분에 내 그림의 길은 더 선명하고 뚜렷해졌다. 그러니 배우 하정우뿐 아니라 화가 하정우에게도 현정 누나는 더없이 고마운 사람이다. 누나에게 언젠가 나만의 화집을 선물해줄 날이 온다면 좋겠다.

그림을 그리며
살고 싶다

종종 성적이 아주 좋았던 야구 선수가 자유계약선수가 되어서 억대의 계약금을 받자마자 바닥을 치는 모습을 보게 된다. 그러면 사람들은 돈 때문에 정신을 못 차려서 그렇다고 쉽게 비난하곤 한다. 나 역시 사람들의 생각과 크게 다르지 않다.

하지만 곰곰이 생각하면 정말 무서운 일이다. 그의 원래 꿈은 돈이 아니었을 테니 말이다. 중요한 순간에 한 방 터뜨려주는 홈런 타자, 제로에 가까운 방어율을 자랑하는 완벽한 투수, 그런 것이 그의 꿈이었을 것이다. 그런데 돈이 생기자마자 그는 꿈을 잊는다. 이제 자신의 꿈이 무엇이었는지 까맣게 잊은 채 더 높은 연봉이 새로운 꿈이 되어버린다.

하지만 돈이나 명예는 꿈이 아니라 수단일 것이다. 꿈을 향해 걸어갈 때 덜 고통스럽도록 도와주는 조건. 남의 시선에 현혹되어 이것을 꿈이라고 착각할 때 사람들은 추락한다. 진짜 꿈을 꾸는 법을 잊고 헤매기 시작한다. 나는 이것이 정말 두렵다. 그래서 나는 언제나 꿈을 꾸는 사람이고 싶다. 그래서 지금 내 꿈은 바로 그림을 그리는 사람, 그림을 그리며 살고 싶다는 것.

처음 그림을 시작한 때는 2003년이다. 어떻게 시작하게 되었는지는 잘 모르겠다. 그냥 그리고 싶었을 뿐이다. 그때는 깨닫지 못했지만 나중에 한참 그림을 그리고 나서야 내가 왜 그림을 그리고 싶었는지 알게 되었다. 2010년 3월 첫 전시회 때에야 비로소.

처음에는 수채화로 시작했다. 부끄러운 솜씨지만 그때 습작들이 남아 있다면 좋을 텐데…… 내 그림이 어떻게 시작되고 어떻게 변화했는지 알 수 있을 테니 말이다. 하지만 당시 함께 살던 윤종빈 감독이 내가 잠시 미국에 나가 있는 동안…… 버렸다. 이사 날짜에 맞추어 귀국하지 못한 내게 전화가 왔다.

"형, 이 그림들 어떻게 해? 박스에 쌓여 있는 거."

"어, 그거? 어……"

"버릴까? 버리자!"

"어…… 그래 그럼."

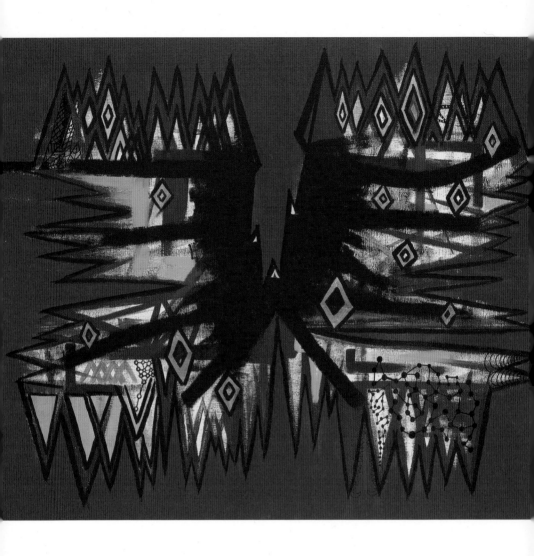

Alaska | 캔버스에 혼합매체 | 130×162cm | 2009

상의하고 결정한 것이긴 하지만 아쉬운 마음은 어쩔 수 없다. 한 서른 점 정도 되었을까? 버리라고 했다고 정말 버리다니! 아마 윤종빈 감독의 눈에는 내 그림들이 영 아니었던 것 같다.

나는 대상을 정확히 묘사하는 스케치를 하기보다는 비구상에 가까운 그림들을 그렸다. 대상을 그대로 옮겨 그리는 일에 스트레스를 받는 대신 손길이 가는 대로 그리고 싶었다. 그림보다 '그리는 일' 자체가 좋았으니까. 아무 생각도 하지 않고 몇 시간 동안 그림에 집중하는 시간이 편안했다. 한참 그림을 붙들고 있으면 두통과 함께 기분 좋은 피로감이 몰려오는데 그 순간이 가장 행복했다.

그렇게 계속 그림을 그리다가 〈추격자〉를 찍을 때 일종의 전환점을 맞았다. 연쇄살인범 지영민은 영화 속에서 그림을 그리고 조각을 하는 사람으로 나온다. 지영민이라는 캐릭터를 준비하면서 나는 본격적으로 그림을 그리기 시작했다. 왼손으로 그림을 그리면서 '지영민은 왜 그림을 그렸을까?' 생각해보기도 하고 또 머릿속이 복잡한 날에는 단순한 마음으로 낙서를 해보기도 했다. 그때 그림은 지영민을 이해하는 길이기도 했고 연기에 지친 나를 채우는 작업이기도 했다.

우연히 내 그림을 본 사람들이 내가 이런 그림을 그린다는 사실에 무척 놀라워하고 또 내 그림들을 좋아해주었다. 특별한 목적 없이 혼자 만족하며 그린 그림인데 사람들이 그런 반응을 보여주다니! 그러자 더 열심히 그리고 싶은 마음이 들었다. 그때가 2007년 여름, 본격적으로 시간을 내어 그림을 그리기 시작한 것이다.

하지만 누군가에게 배우거나 도움을 받아서 시작한 일이 아니라서 시행착오가 무척 많았다. 아크릴화를 처음 시작할 때였다. 아무리 붓으로 강하게 터치를 해보아도 캔버스에 물감이 잘 밀착되지 않았다. 마침 물감을 사러 화방에 갔다가 그 얘기를 하니 '제소gesso'라는 것을 발라야 한다고 알려주었다. 캔버스에 제소를 먼저 바르고 난 뒤에 그림을 그려야 물감이 잘 묻는다는 것을 그제야 알게 되었다.

또 어느 날에는 다른 그림들과 비교해보니 아크릴화의 색감이 너무 어둡게 보였다. 빨강, 노랑, 파랑 기본색을 사용했는데도 왠지 톤이 다운된 느낌이 들었다. 그래서 한번 유화 물감을 사서 그려봤는데 아크릴화와 다르게 색감이 환하게 살아나는 것이다. '아, 그렇구나!' 그렇게 하나씩 혼자 터득해가면서 그림을 그려 나갔다.

2009년 여름쯤이었나보다. 정기적으로 시간을 내어서 꼬박꼬박 그림을 그리니 양이 제법 되었다. 그때 휴대폰 카메라로 찍어놓은 내 그림을 한 콘티 작가가 보더니 전시회를 하지 않겠느냐며 미술계 사람들을 소개해주겠다고 했다.

세상에, 전시회라니. 선뜻 하겠다고 말할 수가 없었다. 그때는 내 그림을 전시한다는 것이 너무나 부끄러웠다. 속살을 내보이는 일 같았다고 할까. 나도 모르는 내 마음이 그림 속에 묻어나서 그림을 보는 사람들이 나를 모조리 읽어낼 것 같아 두려웠다. 또 이런 생각도 들었다. 나

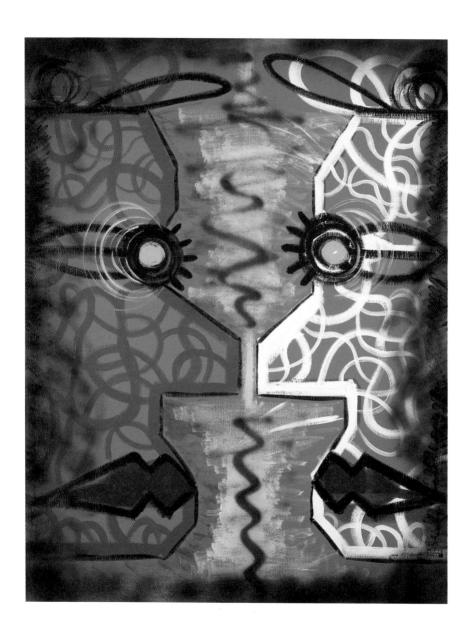

Day & Night 1 | 캔버스에 혼합매체 | 146×112cm | 2009

는 아마추어이고 또 취미로 그림을 그리는 사람이 아닌가. 보통 프로 작가들도 전시회 한 번 열기가 쉽지 않다고 하는데 내가 배우라는 이유로 너무 쉽게 기회를 잡는 건 아닌지 염려되기도 했다.

그렇게 혼란스러운 마음으로 주저하다가 넉 달이라는 시간을 보낸 뒤에야 겨우 큐레이터 미팅을 할 수 있었다. 작업실로 사용하는 공간에 그림을 모두 준비해두고 큐레이터와 평론가 분들을 초대했다. 부끄러워하고 주저하는 내게 용기를 주려고 했던 말인지도 모르지만 아직도 그분들이 해준 말을 생각하면 힘이 난다.

"프로처럼 하시네요."

"아, 프로처럼요?"

"네, 프로처럼 작업하고 계세요. 혹시 팔레트도 볼 수 있을까요?"

'프로처럼', 그 말이 위축되어 있던 내게 커다란 자신감을 주었다. 그리고 그 말에 용기를 얻어 2010년 3월 첫 전시회를 열기에 이른다. 그냥 시작한 그림이었는데 전시회까지 하게 되었다. 그제야 '그냥'이라는 말에 어떤 의미가 담겨 있었는지 깨달았다. 왜 그토록 그림을 그리고 싶었는지도.

영화에서 배우는 순수한 창조자가 될 수 없다. 영화는 감독의 창작물이기 때문이다. 배우는 감독의 오브제일 뿐이다. 물론 연기는 내게 충분히 매력적인 일이다. 감독의 의도를 읽고 그의 머릿속에 있는 것

Day & Night 2 | 캔버스에 혼합매체 | 162×130cm | 2010

을 구체적으로 만들어내는 일은 힘들지만 희열감을 준다. 그러나 내가
가진 창조력을 마음껏 발휘할 수는 없다.

더군다나 내게 연기란 넘치는 감정이 아니라 차가운 머리로 하는
일이다. 연기란 감정의 몰입이 아니라 감정의 배분이라고 생각하기 때
문이다. 곧 어느 감정에 몰두하는 것보다 그 감정을 사람들에게 어떻
게 보여줄 것이냐를 고민하는 것이 내 방식이다. 다양한 가능성을 머
릿속으로 생각하고 그대로 재현하는 것, 그것은 엄격한 논리에 의해
이루어진다(「제가 무당입니까?……」, 88쪽).

그러므로 연기를 하면 할수록 마음의 덩어리는 더욱 커져만 간다.
어떻게든 쏟아내면 좋겠는데…… 그런 자세로 촬영에 임하면 절대 좋
은 연기가 나올 수 없다. 그래서 나는 그 마음을 더 다스린다. 덩어리
가 꿈틀거릴수록 더 냉정해지고 엄격해지고자 애쓴다. 그렇게 집으로
돌아오면 가슴이 뻐근하고 답답했다. 자는 내내 물로는 해갈되지 않는
심한 갈증이 났다. 이유는 깨닫지 못했다. 그러다 문득 그림이 그리고
싶어졌다. 내게 무언가를 풀어내고 싶은 욕망이 있으니 그림으로 해소
해야겠다는 생각으로 붓을 잡은 것은 아니다. '그냥' 그리고 싶었다. 잘
그리지도 못하고 배운 적도 없는 그림이지만 그리고 싶었다.

그림을 그리기 시작하자 가슴속의 덩어리가 쑥 빠져나가는 것처럼
몸이 가벼워지고 또 개운해졌다. 그때 알게 된 것이다. 내가 어째서 그
림을 시작하게 되었는지 말이다. 그림으로 나는 억눌렀던 감정을 자유
롭게 풀어놓는다. 이해해야 할 시나리오도, 조율해야 할 의견도 없다.

그저 마음대로 움직이기만 하면 된다. 오로지 내 것인 창작물이 생기는 기분 또한 짜릿하다. 거실에 완성한 그림들을 늘어놓으면 나만의 세계 속에 들어와 있는 것 같아서 편안한 기분이 든다. 누구도 이 세계는 침범하지 못한다.

이제 나는 그림과 연기를 두 바퀴로 삼아 앞으로 나아가는 사람이 되었다. 연기를 하고 돌아오면 팽팽해진 신경과 굳어진 이성 때문에 그림을 그리지 않을 수 없다. 억눌렸던 감정과 창작욕을 그림을 통해 발산하고 나면 연기를 할 수 있는 텅 빈 상태가 만들어진다. 연기가 그림을 부르고 그림이 연기를 가능케 하는 에너지가 되어주는 것이다. 이렇게 그림과 연기는 상호작용을 하며 내 세계를 더욱 넓고 깊게 만들고 있다.

아버지는 바쁜데 어떻게 그림까지 그리느냐며 놀라워하신다. 하지만 이제 그리지 않는 삶을 상상하기란 불가능할 만큼 그림은 내 생활의 일부가 되었다. 연기를 하지 않는 하정우를 생각할 수 없듯이 말이다. 그러니 내가 지금처럼 계속 그림을 그리면서 살아갈 수 있기를 희망한다. 그 꿈을 꾸는 동안 나는 추락하지 않고, 연기하는 삶을 이어갈 수 있을 테니.

스타일,
나만의
그림 스타일

2010년 3월 6일 토요일, 내 생애 첫 전시회를 열 때 느꼈던 떨림을 아직도 기억한다. 양평까지 찾아와주신 분들께 고마운 마음으로 인사를 전하다가 함께 내 그림 앞에 서면 긴장이 되었다. 내 그림을 어떻게 느낄까 궁금하기도 하고 쑥스럽기도 했다. 서투른 솜씨이지만 즐거워하셨으면 좋겠다는 마음이 간절했다.

어렵사리 열게 된 전시회였기 때문에 부담이 컸던 게 사실이다. 영화배우 타이틀을 앞세워 손쉽게 전시회를 여는 것은 아닐까 오랫동안 고민했기 때문이다. 하지만 4월 4일 일요일, 전시회의 마지막 날이 되었을 때에는 떨림도 부담도 다 사라지고 더 열심히 그리고 싶다는 바람만 남았다. 사람들이 찾아와서 내 그림을 보고 저마다 어떤 인상을 받았을 거라고 생각하니 마음이 벅찼다. 이런 식으로 타인과 호흡하고 소통할 수 있다는 것이 신기했다.

그때 걸었던 작품 중 몇몇 그림에 대해서 이야기하고 싶다. 요즘도 그렇지만 그때는 나만의 스타일을 찾기 위해 더욱더 많은 모색을 했다. 그래서 그 시기의 그림들은 어정쩡한 느낌도 들고 다른 화가의 분위기도 풍긴다. 하지만 이런 과정이 없다면 자신만의 화풍을 만들 수 없다. 그 모색의 흔적을 이곳에 남겨두고 싶다.

먼저 '히스토리History'라는 같은 제목을 가진 두 그림은 잭슨 폴록 (84쪽)의 드리핑 기법을 시도한 그림이다. 잭슨 폴록의 일대기를 다룬 영화 〈폴록〉(2000)에서 드리핑 기법을 봤을 때 머리가 멍해졌다. 캔버스에 물감을 뿌리는 모습을 보면서 '아, 저렇게 그릴 수도 있는 거구나' 가벼운 충격을 받았다. 게다가 그렇게 나온 결과물도 상당히 매력적이었다. 그때까지 내게 그림은 펜이나 붓으로 캔버스를 메우는 작업을 의미했다. 그런데 잭슨 폴록을 알게 된 후 그런 상식이 깨져버렸다. 절대적으로 우연한 효과에 기대어서 그림을 그리는 방식이 신선했다. 물감이 떨어지고 흩어지면서 생긴 자국들은 굉장한 에너지를 품고 있는 것처럼 보였다.

그래서 〈히스토리〉가 탄생한 것이다. 쉬울 것 같지만 육체적으로 힘이 많이 드는 작업이다. 멀리까지 물감을 보내야 하기 때문에 팔은 물론이고 어깨와 등 근육을 많이 사용하게 된다. 그래서 장시간 작업

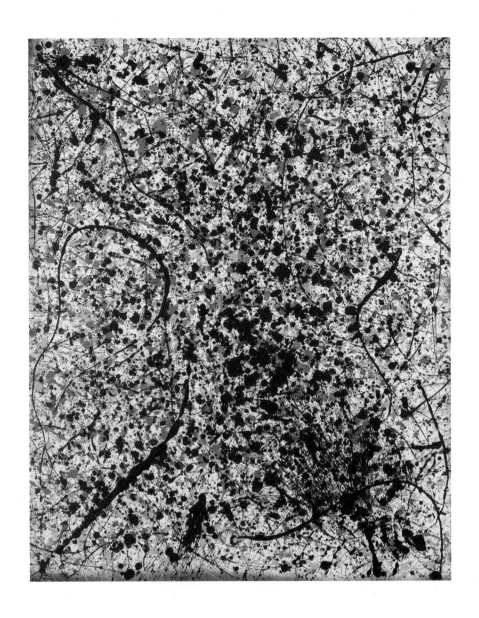

History 1 | 캔버스에 아크릴릭 | 162×130cm | 2009

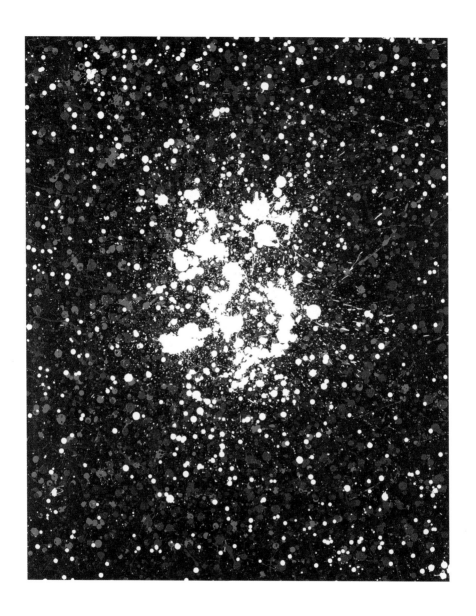

History 2 | 캔버스에 아크릴릭 | 116.7×91cm | 2009

을 하면 온몸이 땀에 절고 뻐근해진다. 게다가 마음에 드는 흔적이 생길 때까지 물감을 뿌려야 하기 때문에 고도의 집중력과 함께 엄청난 시간과 에너지가 필요하다.

〈히스토리 1〉(38쪽)은 내가 좋아하는 파란색, 노란색, 검은색의 조합을 사용했다. 먼저 파란색과 노란색을 촘촘하게 뿌렸는데, 붓으로 점을 찍으면 훨씬 빠르고 정확할 것을 물감을 떨어뜨려 작업하려니 무척 오래 걸렸다. 물론 붓으로 찍을 때와는 다른 거칠고 강한 느낌을 얻을 수 있으니 그 정도 대가는 치러야 하리라. 그 위에 검은색 물감을 이리저리 흘렸는데 이때 드리핑 기법이 힘든 작업임을 절실하게 깨달았다. 일단 원하는 곳으로 물감이 튀게 하려면 힘 조절을 잘해야 했다. 또한 흔적이 우연하게 생김을 인정하면서도 담고 싶은 어떤 느낌을 놓치고 싶지 않아, 그 욕심을 버리는 것도 힘들었다. 지금도 그 결과물이 썩 마음에 드는 것은 아니다.

〈히스토리 2〉(39쪽)는 검은색과 흰색을 주로 사용했는데 두번째 시도여서 조금 수월했다. 집중해서 작업을 하고 보니 의도하지 않았지만 밤하늘의 성운 같은 느낌을 주기도 했다. 신기한 것은 이 그림을 좋아하는 사람의 90퍼센트 이상이 여자라는 사실이다. 이유는 모르겠지만 여심을 자극하는 무언가가 이 그림 안에 있는가보다.

두번째로 〈도그Dog 2〉(43쪽)라는 그림의 흔적도 남겨두고 싶다. 바스키아의 낙서화에 푹 빠져 있을 때 그린 그림이다. 바스키아는 내게 잭슨 폴록과는 또다른 놀라움을 안겨주었다. 그의 그림은 아이가 장난으로 낙서를 한 것처럼 보인다. 잘 그렸다는 생각이 결코 들지 않는데도 강한 매력이 있다. 그래서 사람들은 그의 낙서화에 열광한다. 대체 무엇이 마음을 잡아당기는지는 몰라도 나 역시 그에게 빠져들 수밖에 없었다.

바스키아가 그림을 대하는 태도도 깊은 인상을 주었다. 바스키아의 친구 줄리언 슈나벨이 만든 영화 〈바스키아〉(1996)에서 그는 레스토랑에서 식사를 하다가 케첩으로 그림을 그린다. 그 장면을 보면 바스키아에게 그림이 무엇이었는지 막연하게나마 짐작할 수 있다. 거창하고 대단한 것이 아니라 사소하고 일상적이고 평범한 것. 어쩌면 바스키아에게 그림이란 아이들의 놀이 같은 것이었는지도 모르겠다. 아이들에게 놀이란 특별한 것이 아니라 자연스러운 생활이니까.

그런 바스키아가 좋아서 그리게 된 그림이다. 가끔 이런 그림을 보고 사람들이 낙서의 의미를 묻곤 하는데 심오한 뜻은 없다. 그냥 작업할 때 생각나는 말이나 가까이 있는 물건에 적힌 문장을 보고 끼적이는 것이다. 낙서에서 깊은 의미를 찾는 건 부질없는 일이다. 그냥 있는 그대로 느끼면 좋겠다.

세번째 작품은 〈맨Man〉(44쪽)이란 그림이다. 아마 눈썰미가 좋고 기억력이 뛰어난 사람이라면 어디에선가 본 적이 있다고 생각할 것이다. 바로 나와 함께 영화에 출연했던 그림이다. 물론 아주 짧게 나오기는 하지만 말이다. 이 그림은 〈황해〉(2010)에서 버스회사 사장 태원의 내연녀 주영의 집에 걸렸다. 〈흔적Trace〉(45쪽)이란 그림도 역시 주영의 집에 등장한다.

나홍진 감독이 내가 그림을 그린다는 것을 알고는 한번 보자고 하더니 영화의 미술 소품으로 쓰겠다는 것이다. 그렇게 해서 내 그림 중 이 두 작품이 주영의 아파트에 걸리게 됐다. 나홍진 감독도 공예학을 전공하여 미술에 관심이 많은 사람이다. 언젠가는 내가 좋아할 만한 화가라며 파울 클레(232쪽)를 소개해주고 그의 화집도 선물해주었다. 가끔은 내 그림에 대한 자신의 생각도 이야기해준다. 비록 몇 마디 안 되는 짧은 말이지만 예리하고 정확할 때가 많다.

나홍진 감독은 〈맨〉의 서늘하고 푸르스름한 색채가 주영의 집 분위기와 어울린다고 생각했던 것 같다. 냉정하고 잔혹한 도시에서 내연녀로 살아가는 여자의 집이니 나 역시 블루톤이 어울린다고 생각했다. 내가 출연한 영화에 등장한 그림이라 의미가 각별한 작품이다.

첫 전시회에 걸었던 그림들을 떠올려보니 1년 사이에 참 많은 변화가 있었다. 요즘 그리는 그림들은 그때와는 전혀 다르다. 점점 내 스타일을 찾아가는 과정이니 내년이면 지금과는 또다른 그림을 그리고 있을 것이다. 그래도 작년보다 내 스타일을 조금은 찾은 것 같은데, 아직 갈 길이 멀다. 나만의 스타일을 찾는 것, 이것이 지금 내게 가장 큰 과제이다.

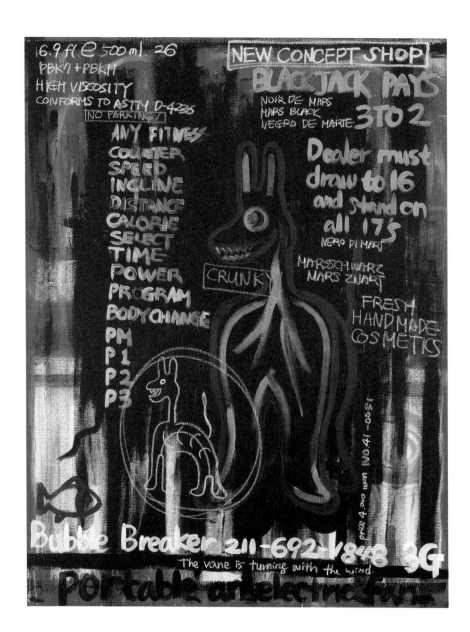

Dog 2 | 캔버스에 혼합매체 | 146×112cm | 2009

Man | 캔버스에 아크릴릭 | 38×45.5cm | 2007

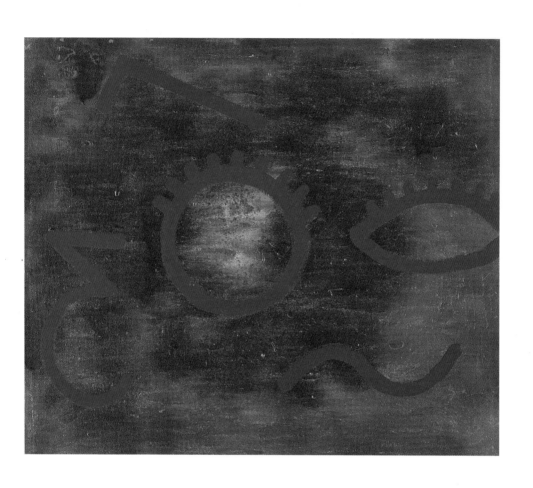

Trace | 캔버스에 아크릴릭 | 45.5×53cm | 2009

전시회가 끝나고 미술평론가 김종근 선생님과 정기적으로 만나 대화를 나누곤 한다. 당시 전시회 도록에 좋은 글을 써주신 분인데 말씀을 재미있게 잘하셔서 화가들의 작업 방식에 대한 이야기며 내 그림에 대한 평가며 도움이 되는 이야기를 참 많이 해주신다. 특히 자주 강조해서 하신 말씀이 바로 나만의 스타일을 찾으라는 조언이었다.

나 역시 처음부터 이와 비슷한 생각을 하고 있었기 때문에 선생님의 조언이 어떤 뜻인지 쉽게 이해할 수 있었다. 같은 나무와 차를 보고 그리더라도 결과는 사람마다 다르다. 그렇기 때문에 사소해 보이더라도 자신의 특징과 개성을 밀어붙여서 나만이 그릴 수 있는 그림 세계에 도달하는 것이 중요하다. 항상 이 목표를 염두에 두고 작업을 한다.

2011년 3월, '피에로'라는 주제로 서울 인사동과 대구에서 세번째 개인전을 가졌다. 첫 개인전 이후 정확히 1년 만에 열리는 전시회였다. 이번 전시회에는 동료와 친구 들 외에도 많은 관람객이 들러 작품을 보고 갔다. 내 그림을 보고 즐거워하는 분이 많았으면 좋겠다.

그리고 아버지. 첫 전시회가 끝난 뒤 더 열심히 그리고 싶었던 또다른 이유는 바로 아버지 때문이었다. 영화를 찍느라 바쁜 줄로만 알았는데 언제 이렇게 그림까지 그렸냐며 놀라시던 모습, 지인 분들에게 흐뭇한 얼굴로 아들이 전시회를 연다고 연락을 돌리시던 모습, 그리고 전시회에 오셔서 아들 그림을 보며 마냥 웃으시던 모습…… 그런 모습을 보며 내가 그림을 그리길 정말 잘했구나, 생각했다. 그리고 더 열심히 그리고 싶다는 생각도. 세번째 전시회 때도 아버지는 많은 분을 초대하셨고 가장 환하게 웃으셨다.

눈물을 흘리며
웃는 광대

영화 〈황해〉를 보면 사람들에게 쫓기던 구남이 우는 장면이 있다. 1분 30초밖에 되지 않아서 쉽게 찍은 것처럼 보인다. 카메라가 돌아가고 구남이 울면 끝. 짧으면 10분, 엔지가 나서 시간이 더 걸렸다고 해도 20분, 아마도 그렇게 생각하실 것이다.

하지만 그 짧은 장면을 찍는 데 꼬박 하루가 걸렸다고 하면 믿으실까. 우선 스태프들이 새벽 4시에 일어나 촬영지로 간다. 도착해서 카메라와 조명을 설치하는 데에만 네 시간, 분장하는 데 두 시간, 그러고는 리허설에 들어간다. 내가 어떻게 연기할지 설명하면 그 동선에 따라 카메라의 위치와 앵글을 예상해보는 과정이다. 새벽부터 준비했으나 한낮이 되어서야 비로소 촬영이 시작된다.

보통 두 대의 카메라가 돌아간다. 하나는 멀리서 전경을 잡고 다른 하나는 그보다 타이트하게 잡는다. 일단 신의 처음부터 끝까지 한 번에 연기한다. 그리고 카메라와 조명의 위치를 조금씩 옮겨가면서 네 번 정도 찍는다. 이때 위치를 옮기는 데만 30~40분씩 걸린다. 배우는 감정을 유지하며 기다리다가 위치가 확정되면 다시 찍는다. 위치 바꾸고 찍고, 위치 바꾸고 찍고, 위치 바꾸고 찍고.

다음으로 타이트하게 찍는 작업에 들어간다. 전경을 찍을 때와 마찬가지로 위치 바꾸고 찍고, 위치 바꾸고 찍고, 위치 바꾸고 찍고. 하지만 이게 다가 아니다. 인서트라고 해서 특정 부분만 찍는 작업도 거쳐야 한다. 양말, 발, 상처 난 부위 등을 찍는 것이다. 빨리 찍으면 30분, 더 걸리면 한 시간.

지금 이것은 〈황해〉 전체가 아니라 딱 1분 30초짜리 장면을 찍는 과정을 설명한 것이다. 감독, 스태프, 배우 누구라고 할 것 없이 영화를 찍는 일이 이렇게 고되다. 그래서 나는 배우가 결코 우아한 직업이라고 생각하지 않는다. 비유가 아니라 연기는 진짜 '노동'이다.

배우는 타고난 재능을 한순간 발휘해서 인기를 얻는 그런 직업이 절대 아니다. 언젠가부터 배우에 대한 내 생각을 그림으로 표현해오고 있다. 처음부터 의식하고 계획했던 것은 아닌데 그동안 그린 그림을 보니 배우로서의 내 삶이 그림의 테마로 사용되고 있음을 알 수 있었다.

Mask | 캔버스에 혼합매체 | 130×162cm | 2010

시작점은 아마도 〈액터Actor〉(10쪽)라는 그림인 것 같다. 혹시 카메라 밥을 먹으면 얼굴이 예뻐진다는 말을 들어본 적이 있는지 모르겠다. 카메라 앞에 자주 서면 어떻게 해야 예뻐 보이는지 알게 될 뿐 아니라 안 쓰던 근육을 사용하게 되어 얼굴 자체가 바뀐다. 그래서 배우들은 외모가 뛰어나지 않더라도 얼굴이 돋보인다.

이 그림은 그런 배우의 얼굴을 표현해본 것이다. 사람들은 대개 일상에서 무표정하게 살아간다. 화내거나 웃기는 하지만 배우들처럼 그 감정을 드러내기 위해 얼굴 근육을 의식해서 사용하지는 않기 때문이다. 배우의 얼굴에서 피부를 걷어내고 근육만 남는다면 아마 그렇게 자잘한 근육들이 잡혀 있지 않을까.

이런 생각은 배우란 어쩌면 마스크를 쓰고 살아가는 존재가 아닐까 하는 생각으로 이어졌다. 〈마스크Mask〉(50쪽)는 첫 전시회에 올렸을 때만 해도 썩 마음에 드는 작품이 아니었다. 지금 돌이켜보면 아마 내 생각이 많이 들어가 있다고 느꼈기 때문에 스스로 불편해했던 것 같다. 그런데 요즘에는 〈마스크〉에 유난히 애착이 간다.

이제야 내가 무엇을 그리고 싶었는지 깨닫게 되었다. 내가 원한 것은 단순한 '얼굴'이 아니었다. '광대'였다. 배우의 삶을 가장 적절하게 설명해주는 광대의 이미지를 그리고 싶었던 것이다.

그래서 본격적으로 광대를 그리고 있다. 꽤 많은 수의 광대를 그렸지만 현재까지 내가 가장 아끼는 작품은 〈조커 러브Joker Love〉(53쪽)

이다. 혹시 로버트 다우니 주니어가 주연을 맡은 영화 〈채플린〉(1992)
을 봤는지 모르겠다. 첫 장면이 너무나 압도적이다.

　화면으로 콜드크림을 묻혀 분장을 반쯤 지운 얼굴이 보인다. 두껍
게 분장한 얼굴과 그 분장이 지워지면서 드러난 현실의 얼굴이 공존하
는 것이다. 나는 그것이 바로 배우의 삶이라고 생각한다. 어느 한쪽에
완전히 속하지 않고 경계에 선 존재 말이다. 〈조커 러브〉는 바로 그런
생각을 하면서 그린 작품이다.

　〈피에로의 눈물 Pierrot of Tears〉(54쪽)은 주변 사람들이 가장 좋아
하는 그림이다. 아마 그들 또한 자신의 감정을 있는 그대로 표출하지
못하는 경우가 많으리라. 배우는 지금의 감정 상태와 무관하게 카메라
가 돌아가면 그 상황에 충실한 감정을 표현해내야만 한다. 그래서 배
우는 '감정 노동자'이다. 얼굴에 근육이 생기는 것처럼 마음에도 점점
근육이 생긴다.

　〈아이 돈 노 후 아이 엠 I Don't Know Who I Am〉(56쪽)과 〈베이비
Baby〉(57쪽)는 함께 보면 더 재미있다. 누가 그러기를 광대란 태어날
때부터 광대란다. 그 말은 광대로 태어나는 것이 축복이라는 말처럼 들
리기도 하고 불행이라는 말처럼 들리기도 한다. 정장을 입은 광대는 격
식을 차렸지만 신사처럼 보이지 않는다. 마치 광대의 본질은 숨길 수
없음을 보여주는 것 같다. 알에서 깨어나는 광대를 보면 샹송 가수 에
디트 피아프가 떠오른다. 그녀는 어려서 어머니에게 버림받고 사창가
에서 자란다. 심한 눈병을 앓아 시력을 잃었다가 기적처럼 되찾는다.

Joker Love | 캔버스에 혼합매체 | 117×91.5cm | 2011

Pierrot of Tears | 캔버스에 혼합매체 | 91×72.5cm | 2011

이런 식으로 그녀의 모든 삶은 불행으로 가득 찼다. 예술은 그렇게 비참한 삶 속에서만 꽃피는 것일까?

이러한 광대 연작은 사실 독특하고 신선한 주제는 아니다. 예술가의 삶을 다룬 영화나 전기에서 익히 보아온 내용일 것이다. 그럼에도 왜 나는 이 이야기를 하려는 걸까? 그것은 내가 배우인 동시에 화가이기 때문이다. 연기하는 광대이며 또 그리는 광대인 내 위치가 이런 그림을 그리도록 이끈다. 내 존재에 대한 이야기이기 때문에 나는 광대를 비참하게 표현하고 싶지는 않다.

무엇보다 기존의 익숙한 내용을 그대로 반복하고 싶지 않다. 나는 내 그림이 또하나의 광대가 되었으면 좋겠다. 광대를 보면 심각하기보다는 즐겁고 재미있는 것처럼 말이다. 그래서 광대를 그리면서부터 내 색깔은 훨씬 밝고 화사해졌다. 그 색깔 덕분에 그림을 그리는 나 역시도 광대가 완성되어갈 때마다 기분이 좋아진다. 그러니까 내 광대는 스스로가 즐거운 그런 광대이다.

광대의 웃음이 우울하고 슬픈 속내를 감추고 있다고 해서 가짜는 아니다. 그것은 또하나의 진실이다. 내가 생각하는 광대는 진심을 숨기고 거짓을 연기하는 슬픈 존재는 아니다. 오히려 또다른 진실을 만들어낼 수 있는 광대, 나는 그것이 진정한 광대라고 생각한다. 거짓을 만든다고 생각하는 광대의 삶은 우울할 것이다. 하지만 또하나의 진실을 만들어내고 그것으로 사람들에게 감동을 준다고 생각하는 광대의 삶은 더없이 행복할 것이다. 그런 광대를 보여주고 싶다.

I Don't Know Who I Am | 캔버스에 혼합매체 | 100×80cm | 2011

Baby | 캔버스에 혼합매체 | 117×91cm | 2011

HwangHae | 캔버스에 혼합매체 | 91×72.5cm | 2011

언제까지 이 광대 연작을 그리게 될지 지금으로서는 잘 모르겠다. 아직도 만들어내고 싶은 광대들이 많다는 것만은 분명하다. 무엇보다 광대 연작이 사람들을 웃게 했으면 좋겠다. 광대가 그러는 것처럼 말이다. 나아가 웃고 난 뒤에 어떤 잔잔한 감동이 찾아온다면 더없이 좋을 것이다.

지금 거실은 광대들로 가득하다. 한 광대는 여전히 분장을 지우고 있고, 양복을 입은 광대는 개를 데리고 산책중이다. 똑같이 옷을 맞춰 입은 광대 셋은 나란히 손을 잡고 서 있다. 어떤 광대는 하늘로 뛰어오르고 또 어떤 광대는 눈물을 흘리며 웃는다. 그리고 그 광대들을 바라보는 어떤 광대, 그는 지금 광대의 이야기를 쓰는 중이다.

당신의
컬러는
무엇입니까?

색에도 그것을 사용하는 사람의 심리가 드러날까? 언젠가 내 그림을 본 지인 한 분이 정우씨는 파란색을 참 많이 쓰는 것 같다며 그 이유를 물어오셨다. 또 어떤 분은 그 파란색이 물이나 하늘처럼 자연스러운 느낌이 들지 않고 속불처럼 뜨겁고 강렬한 이미지를 품고 있다고 말씀해주셨다.

파란색을 자주 사용하는 내 심리는 어떤 것일까? 다양한 색에 대해 내가 평소 품고 있던 느낌을 떠올리면서 내 심리를 파악해보고 싶다.

일단 내가 좋아하는 파란색부터 시작하자. 파란색은 정직해 보인다. 아니 정직하다기보다는 정직한 척을 하는 것 같다. 그 어떤 색보다 다양한 감정과 많은 사연을 품고 있지만 그것을 드러내지 않고 철저하게 절제하고 있는 것 같다. 그런 느낌이 내게는 신뢰감을 준다.

어떤 사람들은 솔직한 태도가 중요하다면서 자신이 느끼고 원하는 대로 행동하는 것이 최선이라고 말하곤 한다. 그러나 사실 인간관계에서 그러한 태도는 무례함과 다를 바가 없다. 과잉 감정과 표현은 상대방에게 불편을 끼치고 상처를 주기 때문이다. 그런 태도는 오직 자신만을 앞세울 뿐, 상대방을 전혀 배려하지 않는 것이다. 그래서 나는 누군가와 대화를 나눌 때 그 사람의 표정과 분위기를 꼼꼼하게 살피는 타입이다. 관계에 있어서 파란색을 지향한다고나 할까?

물론 누군가에게는 이런 파란색이 조금 답답해 보일지도 모르겠다. 지나치게 조심스러워 보이기 때문이다. 그래서 나는 파란색만 단독으로 쓰지 않고 다른 색과 함께 사용하는 편이다. 특히 파란색과 노란색의 조합을 가장 즐겨 사용한다.

그렇지만 노란색은 내가 좋아하는 색이 아니다. 사실 노란색은 왠지 모르게 정상이 아닌 것 같은 느낌을 준다. 고흐(234쪽)가 자주 사용했기 때문일까? 그의 밀밭이나 해바라기가 이런 노란색을 띠고 있는데 살짝만 쳐다봐도 미친 듯이 타오르는 느낌이 든다. 색이 정지해 있는 게 아니라 마구 질주하고 있는 것 같다.

이런 파란색과 노란색을 함께 쓰면 서로를 다스리면서 재미있는 느낌을 만들어낸다. '조심스러운 파란색'이 '미친 노란색'을 만나면 정직한 척하면서도 자유로운 느낌이다. 격식을 차려서 꼭 맞는 슈트를

Untitled | 캔버스에 아크릴릭 | 116.7×91cm | 2008

입고 있는데도 더할 나위 없이 편안한 모습의 사람을 보는 듯하다.

반면에 빨간색은 영 불편하다. 조금 박하게 표현하자면 천하게 보인다고 할 만큼 선뜻 손이 가지 않는 색이다. 있는 것은 물론 없는 것까지 죄다 드러내려는 듯이 느껴지기 때문이다. 디테일한 감정까지 남들에게 다 드러내야 할 필요는 없지 않나? 그런데 빨간색은 자신의 속내를 전부 보여주려고 한다. 감추려 하는 파란색과 정반대의 느낌이다.

그렇지만 꼭 빨간색을 써야 하는 순간이 있다. '어쩔 수 없다'는 느낌이 들 때가 오는 것이다. 상대방에게 어쩔 수 없이 화를 내야 하는 순간이 빨간색을 써야 하는 순간과 비슷하다고 할 수 있다. 상대방에게 여과되지 않은 감정을 드러내야 할 때가 오면 곤혹스럽다. 하지만 여러 차례의 경고 뒤에 마지막으로 레드카드를 내미는 것처럼, 이 결정은 결코 충동적으로 이루어지지 않는다.

이런 빨간색도 검은색을 만나면 고급스러워진다. 검은색은 무표정한 얼굴처럼 힘이 세다. 화난 사람의 얼굴보다 속을 알 수 없는 사람의 표정이 더 두려움을 주지 않나. 검은색의 무게는 바로 정체를 알 수 없다는 점에서 생겨난다. 빨간색은 검은색 옆에서 한결 차분해지고 고상해진다. 다 드러내려는 빨강이 속을 완전히 감춘 검정을 만나 균형을 이루게 된다.

그러므로 정말 중요한 것은 어떤 색을 사용할지 결정하는 일이 아

니라 어떤 색과 '함께' 사용할지 결정하는 일이다. '조합'을 거쳐서 각
각의 색깔이 가진 부족한 점들이 보완되기도 하고 기대 이상의 시너지
효과를 만들어내기도 한다.

그런데 녹색만큼은 어떤 색과 함께 써야 할지 모르겠다. 아니, 녹색
은 언제 써야 할지조차 모르겠다. 뭐라고 설명하기 어려운 색이다. 파
란색과 빨간색을 설명하듯이 구체적으로 그 느낌을 풀어낼 능력이 내
겐 없다. 아직은 어렵고 힘든 색깔이다. 그나마 파란색에 가까운 녹색
을 떠올리면 그래도 마음이 편안해지는데 노란색에 가까운 녹색을 떠
올리면 영 불안하다. 도무지 그 색의 정체를 파악할 수가 없다.

도대체 녹색은 무엇일까, 언제 쓸 수 있을까, 그리고 어떤 색과 어
울릴까.

녹색은…… 그렇다, 녹색은 영화 〈두번째 사랑〉(2007)의 이방인,
내가 연기했던 '지하'의 색이었다. 〈두번째 사랑〉을 찍을 때 김진아 감
독은 각각의 인물과 어울리는 색에 대해 이야기하곤 했다. 대학교 때
서양화를 전공했기 때문일까. 그녀는 뉴욕의 불법체류자인 지하에게는
짙은 녹색이 어울리고, 그와 거래로서 섹스를 나누다가 결국에는 사랑
에 빠지는 '소피'에게는 흰색이 어울린다는 식으로 캐릭터를 설명하곤
했다.

특히 우리는 함께 지하가 입을 의상을 고르러 다니면서 지하의 '보
호색'에 대해 이야기를 나누었다.

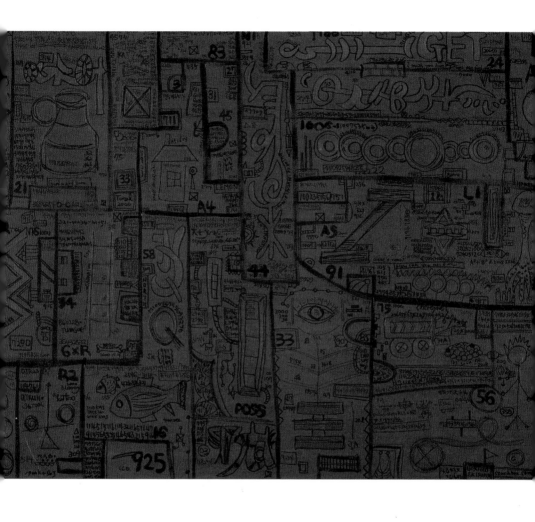

Production 1 ǀ 캔버스에 혼합매체 ǀ 65×90.5cm ǀ 2010

Fishes | 캔버스에 혼합매체 | 60.5×73cm | 2009

지하는 뉴욕의 불법체류자이기 때문에 자신을 숨길 수 있는 보호색이 필요하다. 도시와 어울리는 모노톤은 실제로 그 도시에 거주하는 이들의 색이다. 그렇다면 지하에게는 모노톤이 아닌 다른 색이 필요하다. 그것은 짙은 녹색, 쑥색, 그리고 빛바랜 노란색. 그 색들은 차이나타운과 잘 섞일 수 있는 것들로 이방인인 지하가 튀지 않고 주변의 배경에 묻힐 수 있도록 돕는다.

이런 대화와 발품 덕분에 지하는 녹색 반팔 티셔츠를 입고 흰색 원피스를 입은 소피와 만나게 된다. 그렇게 우리가 나누었던 색에 대한 대화는 인물의 성격을 잡아 나가는 데 주요한 역할을 했다. 색은 누군가의 성격을 짐작하게 할 뿐만 아니라 어떤 상황의 분위기까지 좌우한다. 언젠가 이런 질문을 받았다.

"정우씨가 느끼기에 이 장면은 무슨 컬러였으면 좋겠어요?"

〈추격자〉를 찍을 때였다. 이철오 조명감독님이 취조실 장면에 들어가기 전에 내게 색에 대해 물은 것이다. 어떤 장면에서 '색'에 대해 질문한 것은 그분이 처음이었다. 취조실 장면에 어울리는 색이라⋯⋯ 그 질문 덕분에 빛이 한 장면을 얼마나 풍부하게 표현할 수 있는지 더 진지하게 고민하게 되었다.

조명감독님의 질문에 대한 내 대답은 블루, 음울하면서도 서늘한 느낌의 블루였다. 마침 조명감독님도 같은 생각이었다. 그 이후 색은 캐릭터나 장면을 고민할 때 어김없이 고려해야 하는 요소가 되었다.

그러고 보면 색이란 정말 강력하고 결정적이다. 우리가 빛의 세계에서 살아가는 이상, 색은 사물에 대한 우리의 인상과 감정에 끊임없이 영향을 준다. 거침없이, 하지만 사려 깊게 색을 쓰고 싶다. 내 그림을 보는 누군가가 색으로부터 얻을 수 있는 가장 원초적인 기쁨을 누리도록 말이다.

그림 앞에서 어떤 색을 칠해야 할지 고민하면서 나는 내가 어떤 사람인지 점점 더 분명히 알게 된다. 나는 파란색을 지향하지만 노란색과 어울릴 줄 아는 사람, 빨간색을 싫어하지만 써야 할 자리를 아는 사람, 검은색의 파워를 아는 사람, 그리고 아직은 초록색을 어려워하는 사람이다.

내 삶의
활력소 S에게

너는 지금 곤히 잠들어 있구나. 늘 그렇게 당하면서도 변함없이 천진하게 잠든 너를 보니 영감이 떠올라 쉽게 잠이 오지 않는다. 설마 벌써 잊은 건 아니겠지? 이렇게 네가 자고 있을 때마다 나는 조용히 다가가 네 눈에 후후 바람을 불곤 했지. 그러면 너는 얼마나 깜짝 놀라던지, 어헝헝 소리를 치고 몸을 부르르 떨며 깨어났잖아. 오늘도 한번 해볼까? 아니야, 오늘은 다른 걸 해보자.

그럼 매직으로 얼굴에 낙서를 해볼까. 얼굴에 낙서를 안 한 지도 꽤 되었으니 한 번쯤 해줄 때가 됐는데 말이야. 눈썹은 일자로 잇고 아이라인은 짙게 칠하고 코 옆에 점도 찍어줄게. 야성적인 구레나룻도 만들자. 그러면 너는 세상에서 제일 섹시한 남자로 다시 태어나는 거야.

어때?

음, 아니야. 이것도 그간 많이 했었지. 게다가 잘 지워지지 않아서 때수건으로 얼굴을 미는 너를 보며 나는 정말 안타까웠단다. 다음부터는 나뿐만 아니라 다른 사람들도 네 섹시한 얼굴을 볼 수 있도록 더 강력한 낙서를 준비해야겠다고 다짐했어. 이 재미있는 걸 나만 보다니, 너무 이기적이잖아.

네가 낙서를 지우지 않게 하려면…… 그래, 네가 낙서를 발견하지 못하게 하면 되지. 그래서 지난번에는 네가 엎드려 자고 있을 때 목덜미에 매직으로 글씨를 써넣었어. 리얼하게 핏줄을 그렸을 때보다 반응이 더 셌지. 어떤 멘트를 써야 네가 가장 돋보이고 사람들의 시선을 확 끌 수 있을지 고민 정말 많이 했던 거다. 형은 아무렇게나 낙서를 하는 사람이 아니거든. 모든 것은 치열한 고민 끝에 창조되는 거란다. 그런데 그 멘트 너무 야했나? 아냐, 그렇지 않아. 딱 좋았다고.

그나저나 S야, 너 오늘 할로겐등을 켜놓고 외출했더라. 2년 전에 네가 우리 집에 들어와서 함께 살겠다고 했을 때 서로 약속했던 게 있지. 서로 주인의식을 발휘해서 살자고. 아마 잊지 않았을 거야. 전기 낭비되니까 할로겐등은 반드시 끄고 나갈 것, 또 휴대폰 충전기 사용 안 할 때에는 플러그를 뽑아둘 것 등등. 어렵지 않은 일인데 오늘 보니 할로겐등이 켜 있더라고.

'핫 코디' 한 장 발부다. 그러면 이제 몇 장이지? 설마 벌써 핫 코디

Wig? | 캔버스에 혼합매체 | 91×72.5cm | 2011

실행을 해야 할 때가 돌아온 건가? 너 지금 '황금열쇠'는 없는 상태니? 황금열쇠 한 장만 있으면 이번에 발부된 핫 코디는 없던 걸로 지울 수 있을 텐데…… ('핫 코디'는 내가 친한 동생들에게 종종 치는 장난이다. 한 콘셉트를 정해 머리부터 발끝까지 스타일을 변신시켜주는 게 포인트다. 평소에 예쁜 짓을 해서 '황금열쇠'를 받으면 핫 코디 한 번을 피할 수 있다.)

그런데 너 최근에 별로 주인의식을 발휘하지 못했잖아. 아마 내가 부여한 황금열쇠가 없을 거야. 그렇다면 핫 코디를 할 때가 온 거로군. 음, 형이 좀 고민된다. 오늘은 어떤 핫 코디를 한번 실행해볼까.

너 예전에 보험 회사에 다닐 때 했던 핫 코디 기억나니? 에르메스의 임원을 만난다고 해서 특별히 오렌지 컬러를 선보였잖아. 주황색 셔츠와 주황색 티를 레이어드로 연출한 다음 주황색 바지를 입혔지. 그리고 빨간색 운동화로 포인트를 줬는데 말이야. 그때 그 사람이랑 네가 인증사진 찍어서 나한테 보낸 거 아직 있을 텐데, 어디 있더라…… 오늘도 그때처럼 컬러에 집중해볼까?

아냐, 너무 진부해. 그러면 날도 추운데 〈국가대표〉(2009) 콘셉트로 가볼까? 지난번에도 한번 했던 거지만 올겨울엔 눈도 많이 와서 잘 어울릴 것 같아. 한 번 더 하자! 형이 옷장에서 영화 촬영 때 입었던 스키 점프복 꺼내올게. 이번엔 스키점프복 입고 교수님이랑 함께 점프하는 사진을 찍어 보내라.

잠깐만…… 했던 걸 다시 할 순 없을 것 같아. 그리고 네가 그렇게 운동복을 입고 가면 대학원 사람들이 널 무시할 수도 있어. 널 위해서 그렇게 입힐 순 없지. 네가 대학원에 입학했을 때 사람들이 너 연극과 나왔다고 얕볼까봐 형이 얼마나 걱정을 했었냐. 그래서 그때 핫 코디를 무지 신경 써서 해줬는데…… 가을에 딱 어울리는 인도풍의 헐렁한 바지에 화려한 꽃남방을 코디하고 어그부츠를 매치했잖아.

S야, 핫 코디 귀찮으면 오랜만에 김치 홍보대사 한번 할래? 도대체 네가 김치를 왜 못 먹는지, 그리고 먹으면 어째서 오바이트를 하는지 알 수 없지만…… 김치의 우수성을 알려보자. 하루에 세 번, 끼니 때마다 김치를 먹고 소감을 동영상으로 찍어 남기는 거야. 밤이 깊어간다. 형이 한 번만 참을까?

S야, 형이 대체 왜 이러는지 궁금하지? 나도 내가 왜 이렇게 장난을 좋아하는지 모르겠더라. 그래서 곰곰이 생각해봤는데 아무래도 유전자에 박혀 있는 것 같아. 내 기억에 우리 집안 사람들은 모두 장난을 무지 좋아하고 자주 쳤거든.

어렸을 때 동생이랑 나랑 둘이서 텔레비전을 보고 있었어. 그런데 긴장이 막 고조되다가 아주 중요한 장면이 나올 때쯤에 텔레비전이 딱 꺼지는 거야. 왜 갑자기 텔레비전이 꺼졌지, 너무 놀라고 또 아, 꼭 봐야 되는데, 속이 타서 뒤를 돌아보면 아버지가 씩 웃고 계시는 거야. 리모컨을 들고 우리 둘 뒤에 가만히 계시다가 결정적인 순간을 노려서 딱 *끄셨어.*

아버지만 그런 건 아니야. 고모님 중에 미공군 대령과 국제결혼을

Nothing to Talk About | 캔버스에 혼합매체 | 130×116cm | 2011

한 분이 계시거든. 재즈 가수셨는데 공연하다가 만나 서로 첫눈에 반해서 결혼하셨어. 어쨌든 고모랑 조Joe 아저씨는 미국에 살면서 가끔 한국에 들어오는데 둘째 큰아버지가 이때를 절대 놓치지 않고 장난을 치시는 거야. 할머니가 살아 계실 때 일인데 한번 들어봐. 지금의 나처럼 아주 계획적으로 장난을 치셨어.

둘째 큰아버지가 할머니한테 그러는 거야. 이번에는 조 아저씨의 아버지가 한국에 같이 들어왔다고. 그러고는 어디서 준비했는지 가면을 딱 쓰고 방 끝에 가서 앉아 있는 거야. 그때부터 상황극이 시작돼. 할머니는 연세가 많으셔서 눈이 어두우니까 둘째 큰아버지가 조 아저씨의 아버지라고 깜빡 속으시는 거지. 우리는 장난치는 줄 다 아는데 할머니 혼자만 모르니까 "아니, 저 사람은 왜 같이 왔냐, 코 큰 사돈은 어떻게 대접을 하나" 안절부절못하시는 거야. 얼마나 웃긴지 몰라. 다들 뒤집어졌다고……

아무래도 이런 기질은 핏줄을 타고 전해 내려오는 것 같아. 우리 할머니도 만만치 않은 분이시거든. 어렸을 때 할머니랑 함께 지낸 시간이 많았는데 굉장히 유머러스한 분이셨어. 느긋느긋하고 말장난하는 거 좋아하고 그러셨지. 나중에 들으니 그때 살던 동네의 건달들을 다 알고 지내셨대. 그 정도로 담이 세고 겁이 없으셨던 거야.

하루는 내가 집에서 비디오테이프를 발견했거든. 그래서 할머니랑 같이 보려고 할머니 댁에 가져갔어. 초등학교 2학년 때였나? 할머니랑 둘이 텔레비전 앞에 앉아서 영화가 시작되기를 기다리는데 글쎄 그게

포르노 테이프였던 거야.

그런데 할머니가 끄지 말라고 하시더라. 그래서 둘이 같이 30분 정도를 봤어. 상상이 되냐? 할머니랑 손자랑 함께 포르노 테이프를 보는 장면이? 그러면서 말씀하시기를 "성훈아, 저거 봐라. 우리 성훈이도 나중에 저렇게 커야지⋯⋯" 그러시는 거야. 지금 생각해도 너무 재미있어. 그 정도로 유쾌하고 멋진 분이셨어. 일흔여섯 살에 돌아가셨는데 큰아버지랑 나는 빈소 앞에서 동전을 던지면서 놀았어. 보내드리는 마지막 순간까지 유쾌했지.

우리 집안 남자들은 다혈질이라 성질이 급하고 한번 눈이 돌아가면 소라도 잡을 듯이 뛰쳐나가는 성격이거든. 그러면서도 유머러스하고 장난꾸러기 같은 기질이 있어. 할아버지와 할머니의 피가 공존하는 거지. 형도 그래. 네가 봐도 그렇지?

다 됐다. S, 너 아침에 일어나면 아마 깜짝 놀랄 거다. 이 사태를 수습한다고 해도 거기서 끝나는 건 아니야. 밖에 나가면 한 번 더 놀랄 거다. 아, 너의 반응이 너무 궁금하다. 놀라고 당황하는 데에도 포인트가 있거든. 네가 이 포인트에 적응해서 더이상 내 장난에 반응하지 않을까 봐 늘 연구해. 네가 예상하는 지점에서 언제나 살짝 벗어나도록 하는 거지. 장난의 미학은 바로 이런 포인트를 잡아 나가는 데에 있단다.

형은 이만 자야겠다. 그럼 S야, 앞으로도 꾸준히 내 삶의 활력소가 되어주렴, 안녕.

I Saw You Dancing | 캔버스에 혼합매체 | 130×116cm | 2011

01 장 미셸 바스키아

'느낌 있다.' 어떤 것이 나를 끌어당길 때, 하지만 그게 무엇인지 설명할 수는 없을 때 하는 말이다. 예를 들면 길을 걷다가 풍경이 특별해 보일 때 '느낌 있다' 고 한다. 설명하면 이렇다. '가게 지붕과 간판의 색감이 빛 때문에 선명해졌다. 낯선 곳의 풍경 같다.' 그런데 풀어서 말하면 별것 아닌 것에 끌렸구나 싶다.

바스키아의 그림이 그랬다. 보는 그림마다 '느낌 있다'는 말이 나왔다. 의미를 알 수 없는 글자와 그리다가 실패한 것 같은 이미지가 좋았다. 그래서 주변 사람들에게 바스키아를 좋아한다고 자주 말했다. 그런데 좋아하는 이유를 물어 오면 '느낌 있다' 말고는 할 말이 없었다. 아이처럼 순수해 보인다는 점, 낙서화의 재치와 자유분방함이 좋다는 점, 그런 이유들을 꼽아봤지만 그게 바스키아를 제대로 설명한다고 할 수는 없다.

그래서 나는 이 그림을 앞에 두고 '느낌 있다'고 할 수밖에 없다. 누군가에게 흠씬 맞은 것 같고 헝겊처럼 꿰매서 만든 얼굴이 재미있다. 파란색과 노란색의 만남도 좋고 그 위에 대충 칠한 빨간색도 좋다. 특히 노란색 위에 번져서 오렌지색으로 보일 때 슬픈 느낌도 좋다. 머리를 자세히 보면 구조물 같은 인상을 주는데 그 부분도 재미있다. 하지만 역시 이런 이유는 진짜가 아니다. 그래서 줄인다. 바스키아, 느낌 있어!

장 미셸 바스키아 Jean Michel Basquiat_1960~1988
미국의 낙서화가. 아이티 출신의 아버지와 푸에르토리코 출신의 어머니 사이에서 태어났다. 낙서그룹 SAMO(Same Old Shit)를 조직하였으며 뉴욕현대미술관 앞에서 직접 제작한 그림엽서를 팔면서 자신만의 세계를 만들어 나갔다. 팝아트 계열의 자유구상화가로 '검은 피카소'라고 불렸으며 코카인 중독으로 28세에 요절하였다.

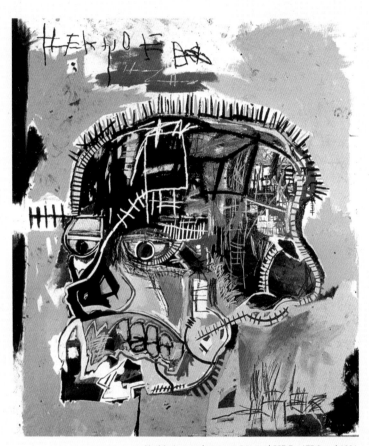

Untitled(Skull) | 캔버스에 혼합매체 | 205.7×175.9cm | 1981

02 에 드 워 드 호 퍼

에드워드 호퍼는 시간이 지나간 풍경을 포착하는 데 탁월한 화가이다. 그의 그림은 고요하지만 어떤 흔적을 담고 있다. 방금 막 소란이 빠져나간 풍경처럼 보인다. 그 때문에 정지한 사물들도 간신히 움직임을 멈춘 것 같은 느낌을 준다.

〈바다 옆 방Rooms by the Sea〉 역시 에드워드 호퍼의 특징을 잘 보여준다. 이 방은 지금 조용하다. 하지만 그 조용함은 수상하다. 분명히 무슨 일이 벌어졌다. 깨끗한 햇빛으로도 이 분위기는 정돈되지 않는다. 대여섯 명의 젊은이들이 몰려와서 와자지껄하게 떠들다가 빠져나간 게 아닐까. 어쩌면 살짝 보이는 거실에 누군가 서 있는지도 모른다.

호퍼의 그림을 보면서 우리는 이야기를 지어낸다. 그 이야기는 저마다 다르다. 지나간 시간에 대해 생각할 때 각자 자신의 경험을 떠올리기 때문이다. 텅 빈 것 같지만 그렇게 사람들을 끌어당기는 호퍼의 힘이 놀랍다.

에드워드 호퍼 Edward Hopper_1882~1967
미국의 사실주의 화가. 뉴욕의 미술학교를 나와 1906년 파리에서 유학하였다. 에칭과 일러스트를 그리다가 1930년경부터 다시 수채화와 유화를 그렸다. 쓸쓸한 도시의 풍경을 사실적으로 그림으로써 인간의 고독을 표현하였다. 대표작으로 〈호텔방〉〈밤샘하는 사람들〉〈아침 7시〉 등이 있다.

Rooms by the Sea | 캔버스에 유채 | 74.3×101.6cm | 1951

O3 엘리자베스 페이턴

한 남자아이가 얼굴을 괴고 소파에 비스듬히 누워 있다. 편안한 자세이지만 빨간색 소파와 연두색 셔츠의 대비 때문에 신체에서 긴장감이 느껴진다. 게다가 아래로 내리깐 눈은 고집스러워 보인다. 일부러 누군가의 시선을 피하고 있는 것 같다. 소파보다 더 빨간 입술 때문에 아이는 기괴해 보이기까지 한다.

원래 페이턴은 인물의 신체를 깡마르게 표현하고 강렬한 색채를 사용하는 것으로 유명하다. 그래서 어떤 인물이든 페이턴의 손을 거치면 본래의 모습과는 멀어진다. 페이턴은 겉모습을 그대로 묘사하는 일보다 그 사람만의 개성이나 분위기를 포착하고 싶어하는 것 같다. 어쩌면 그것이 그림에서는 '진실'에 훨씬 더 가까운 것일지도 모른다.

그러니까 이 남자아이는 실제 모델과는 전혀 닮지 않았을 것이다. 실제 모델은 페이턴보다 세 살 아래인 폴란드의 예술가라고 한다. 실제 모습이 어떠하든 그는 예민하고 신경질적인 기질이 있는 것 같다. 페이턴이 그림으로 알려준 이미지에 따르면. 내가 그리는 그림들도 페이턴의 사실성을 닮은 것은 아닐까. 내가 마음에 담은 이미지를 리얼하게 표현하는 측면에서 보자면 말이다.

엘리자베스 페이턴 Elizabeth Peyton_1965~
미국의 여성화가. 초기에는 나폴레옹, 엘리자베스 1세, 루이 14세 같은 역사적인 인물을 그리다가 점차 커트 코베인, 존 레넌 같은 스타의 초상화로 옮겨갔다. 인물을 직접 보지 않고 사진을 통해 작업하며, 대상을 있는 그대로 묘사하는 대신 직관적으로 파악한 형상을 그려낸다. 모든 인물을 마르고 창백하게 표현하여 자신만의 스타일을 만들어냈으며 수채화는 유화의 느낌으로, 유화는 수채화의 느낌으로 그리는 것이 특징이다.

Piotr on Couch | 보드지에 유채 | 20.3×25.7cm | 1996

04 잭 슨 폴 록

잭슨 폴록은 드리핑 기법으로 유명하다. 거대한 캔버스를 눕혀놓고 그 안에 들어가 물감을 뿌리는 그의 모습을 한 번쯤 본 적이 있을 것이다. 나 역시 잭슨 폴록의 일대기를 다룬 영화를 보고 '저렇게 그릴 수도 있구나' 감탄하며 드리핑 기법을 시도해본 적이 있다.

그러나 드리핑 기법이 폴록의 전부는 아니다. 초기에 그는 덜 난해한 작품을 그렸다. 그 가운데 하나인 〈남자와 여자Male and Female〉를 보면 그가 얼마나 유머러스하고 여유로운 사람이었는지 느낄 수 있다. 먼저 파란 바탕과 노란 선의 조합을 보라. 두 색의 선명한 대비가 산뜻한 느낌을 준다.

특히 내가 좋아하는 부분은 채색한 면 사이에 숨은 선들이다. 여자의 몸통처럼 보이는 빨간색과 검은색 면 사이에 숨은 노란 선을 보라. 또 중앙의 흰색 면을 지나는 검은색 선들은 어떤가. 그 선들은 마치 대화 속에 숨은 소소한 유머들처럼 생기롭다. 어쩌면 폴록은 이 선들을 그리면서 혼자 웃었을지도 모르는 일이다. 그리고 그 유머를 발견할 때마다 나 역시 웃곤 한다.

잭슨 폴록 Paul Jackson Pollock_1912~1956
미국의 추상표현주의 화가. 초기에는 멕시코의 벽화운동과 피카소·미로의 영향을 받았고 이후에는 그리스 신화를 주제로 무의식적인 환상을 그렸다. 1947년부터 유명한 '드리핑 기법' 즉 캔버스 위에 물감을 떨어뜨리거나 흘리는 기법을 사용하여 작업했다. 1951년부터는 거의 검은색만을 써서 그림을 그렸으며 이 시기에 그는 심각한 알코올의존증에 빠져 있었다. 1956년 교통사고로 사망했다.

Male and Female | 캔버스에 유채 | 186.1×124.3cm | 1942~1943

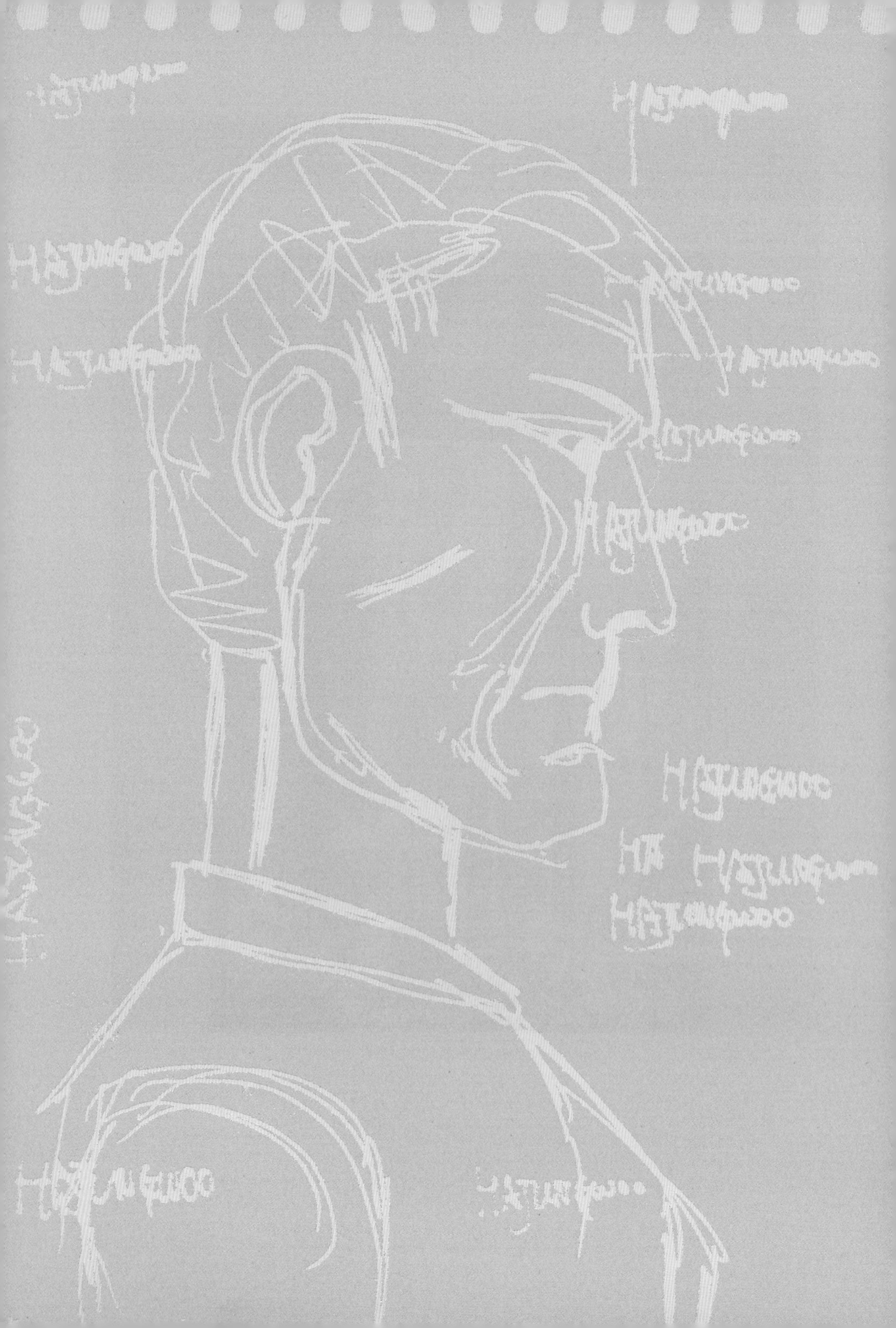

제가 무당입니까?
빙의가 되고
필을 받게……

연기에 관해서 절대로 믿지 않는 말이 있다. "내가 그 사람이 되었다"거나 "빙의 되었다" 같은 말이다. 시나리오 속의 캐릭터와 나 자신이 100퍼센트 일치되었다는 말은 연기자로서 신뢰하기 어렵다. 내가 내 마음도 잘 모르는데 남의 마음이야 얼마나 제대로 이해하겠으며 하물며 어떻게 시나리오 속의 인물을 나 자신과 일치시킬 수 있다는 말인가. 내게는 불가능한 일이다. 내가 생각하는 연기란 이런 것이다.

무엇보다 연기는 공부이다. 시나리오를 받으면 수능을 코앞에 둔 수험생처럼 읽고 또 읽는다. 예전에 공부를 잘하는 친구들에게 비법을 알려달라고 물으면 특별한 것은 없어, 하는 표정으로 "교과서를 열심히 읽어" 하지 않던가.

그때는 그 말을 믿지 않았지만 연기자로서 이제 그 말뜻을 알겠다. 그러니까 시나리오는 교과서이다. 비유가 아니라 실제로 그렇다. 볼펜으로 내 생각을 적기도 하고 형광펜으로 이해가 잘 되지 않는 부분에 밑줄을 긋기도 한다. 시나리오에는 장면에 대한 간단한 설명과 대사밖에 없기 때문에 인물의 표정이나 말투, 자세 등을 구체적으로 상상하고 시도해보아야 한다. 공부란 인물에 피와 살을 붙이는 과정인 것이다.

그다음으로 연기는 연습이다. 보통 배우가 대사를 외운 상태에서 감정을 잡고 있다가 촬영에 들어간다고들 생각한다. 촬영장에서 '필feel'을 받아서 연기한다고 믿는 것이다. 물론 그렇게 하는 사람들도 있다. 하지만 나는 촬영을 시작하기 전에 충분한 연습이 필요하다. 농구 선수가 하루에 천 개씩 자유투를 던지고 피아니스트가 같은 부분을 한 시간씩 연주하는 것처럼 연습을 한다. 대사를 어떤 느낌으로 처리할지 결정하고 나면 그 느낌이 살아날 때까지 반복해본다.

내 대본을 보면 대사 옆에 날짜와 바를 정正 자가 적혀 있다. 리딩을 연습한 날짜와 횟수를 기록해둔 것이다(여기 소개하는 대본들은 연극을 하던 때의 것들이다). 특히 〈두번째 사랑〉을 촬영할 때에는 영어로 대사를 해야 했기 때문에 바를 정 자를 빼곡하게 적었다. 맡은 역할이 불법체류자였으므로 그에 맞는 느낌을 만들어내야 했다. 또 내 영어 실력이 유창하지 않았으므로 연습을 통해 극복하는 수밖에 없었다. 이걸 어떻게 필만으로 커버할 수 있겠나.

7/17
(화)
- 18日까지 1막, 각색하다. ↳ 이슈를 정하기.
- 19日까지 무장건성표 제출.
- 20日까지 대본수정한 것 연출님에게 제출.

＊24日 까지
소품, 의상 건성표 제출

8/30. 재,성이 얘기중에 져가디고 깊기.
아이디어가 대로에 라장에서
않으시게 feel 참고하기.

＊ ③막에서의 작가의 역할.
줌에서의 전체화.

연습 끝나고 10분이라도 아이디어 회의 하기. ((무자 team)
team 이름 정하기.

8/6
너무나 기계적인 시선처리.
골고루 비추가
상세예우
모부분

＊ 작가 감정 연구
→ 퇴장후에 무엇을 할건가

8/1 전체워기.

8/10 작가는 연사가야한다.

8/6 ─
8/7 下
8/8 下 正 正 正
＊ 이상한 리듬 얘기
8/9 正 ─ 8/22 下
8/10 下
8/13 下 8/15 正

<자중의 주제 >
- 오르고 인생길이 속에 들어나는 웃음과 눈물
- 다양한 인간들의 모습속에서 들어나는 통읍과 눈물. 그리고 무례함의 이야기.
  희노애락

＊ 악과 악사이 / 장과장이 부할에 좀 저렇하다.

＊ 작가의 퇴장에 있어서 안경의 변화를 주면 어떨까?

7/22
＊작가 ─ 장미컬팅인 "안다지오."
렐로리감스
(어떤 연극에 첫 공연이 시작되는 어떤 극장에)

8/22
작가의 모습을 크리라.
피러다 장로가
모습가 비슷하다

＊ 내 자신을 믿고 더 강하로 거라.

8/8 ∨ 대사를 소중하게 처라.

9/1, 새벽.
＊몸도 부러질것도 무러 임사해서 대본을 땔겠다.

＊ 작가는 언어에 죽어나다.
- 작가는 성향이 강하고 강적의 기회가 성하다.
- 장방기가 좋다. 순소리 아이디어 (삶의 얼굴가)
- 숙개개소트다.
- 아이돈 들어가라.
- 인성에 따뜻하라.
- 작가는 어떤 구체적인 사건을 갖고 글을 써 안놓다.
- 순발력이 좋다.
- 상상력이 풍부하다.
- 의정성이 강하다.
- 바탕적인 삶가도 가져고 있다.

개성적의 삶의이 감하다.
인간미를 좋아하면
희로운 이야기

"배우라서 내가 아는 것을
전달해야 된다"
─ 채플린 ─

＊ 작가의 책상 (8/9)
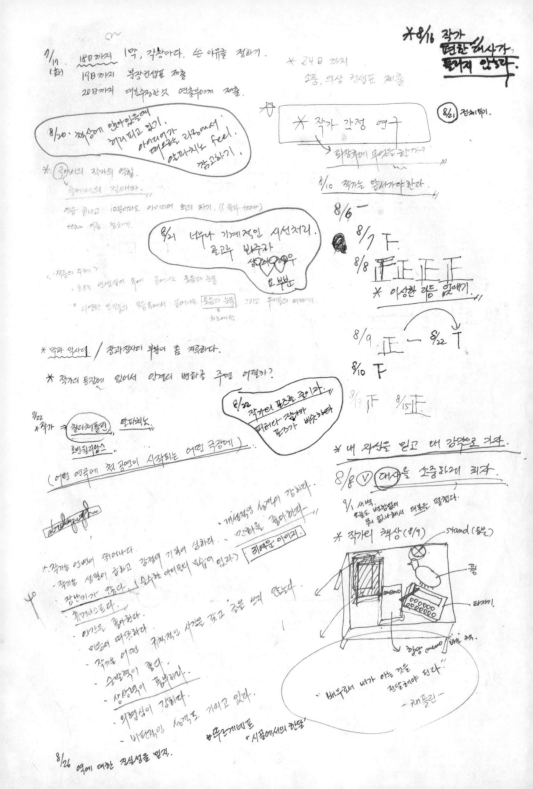
stand (등불)
컵
라디에기
항영 memo

"시골에서의 하룻밤"
삶의깊은게네또

8/26 역에 대한 검심성을 맞자.

터 ㅣ J

자, 아주 멋지게 됐죠? 정말이지 전운거와 하는 일이란 뭐든지 예술의 경지에 들어가는 법입니다

전 쳐다보지도 않았고, / 서로 말 한마디 주고 받지 않았습니다 지만, 그 여자는 이미 저에 대해
그여름
많은 사실을 알았습니다.

우선 제가 독신이라는 거. (가슴에 두줄)

둘째, 제가 사랑에 빠져있다는 거 ⇨ 로맨틱한 여자가 항상 관심을 가질 수 있는 얘기죠.
(우선 바깥, 보세요 비워라)

셋째, 그리고 세번째로는 제가 뛰어난 스포츠맨이라는 거 ! ⇨ 특히 둔하게 생긴 남편과의 좋은 대조
(완죽 쓸고, 탄력 쓸게 솨게 쓸고, 호쾌 눈썹쓸 쓴걸자)

넷째, 다음 네번째로 가장 중요한 것은 제가 여자를 한하는 위협할 정도로 매력이 있는 수 있다는거
(가슴에 두 번로 하는 오톨로 그려라, 그게는 삭제 읽고)

※ 물론 지금으로서는 그 여자 보기에 기분 나쁜 사람이겠죠. > 그 이유는...
유동
언저 석서한 바람둥이라는 거. (정면으로 약간 돌려라). (고개를 삭제 읽라).

둘째 제가 아무에게나 너무 솔직하게 얘기해 버린다는 거 (우손 파라).

그리고 셋째 제가 관심을 쏟고 있는 여자가 자기가 아니라는 사실 때문입니다 //
(그냥 씨여) . (그게를 악간 웃기라).

#. 자 너무 자신만만하게 보였다면 용서하십시요.
하지만 모두 사실 아닙니까?

— ※ 대사를 몸동작으로 표현하기.

※ 자, 여기까지 방법을 다 잘 적으셨겠죠? //
그럼 이제부터는 약간 어려워집니다 // 이번 단계는
최면을 거는 단계거든요. 하지만 눈으로 거는 최면이
아니라, 먹이로 노리는 독사처럼, 저로 하는 최면술이니라
그리고 물론 상대는 여러도 그 남편입니다 ///

자, 제가 몇일 후 / 아주 우연인 것처럼 그 친구를 클럽에서 만나게 됩니다.
(여름 비인다).

* 세상에 나를 그런눈으로 바람 사랑이 있다면야...
그런 사람과 정열의 눈으로 나를 바람다면 " 난
8/20 - 대사를 상반되로
10번이상 예시로 제작.

그런 눈길을 받을 때는 물론 여자 가슴이 찌릿되로 거기지 느껴지겠죠.
그런 물론 상대는 아직도 그 남편입니다.

마지막으로 연기는 조율이다. 시나리오를 연구하고 연습하는 과정은 모두 혼자만의 몫이다. 하지만 영화를 만드는 일은 감독과 스태프, 그리고 다른 배우 들과의 협동과정이다. 특히 감독의 역할은 이중에서도 가장 중요하다. 영화란 결국 감독의 창작물이고 배우는 오브제이기 때문이다.

따라서 본격적인 촬영에 들어가기 앞서 감독과 심층분석 여행을 떠난다. 1박 2일 정도 숙식을 함께하면서 서로 생각을 이해하고 조율해가는 과정을 거치는 것이다. 이때 캐릭터에 대한 이해부터 디테일한 감정 표현까지 모든 부분을 논의한다.

예를 들어 감정 표현은 감독이 그 장면을 어떻게 찍을 것인지에 따라 수위가 바뀔 수 있다. 영화 〈국가대표〉에 스키점프를 하는 동료의 모습을 바라보는 장면이 있다. 힘겨운 연습과정이 스쳐가고 마침내 꿈을 이루었다는 생각에 눈물을 흘리는 장면이다. 감동적인 장면이므로 나는 감정을 10 정도로 준비했다. 하지만 김용화 감독은 그 장면에서 드라마틱한 음악을 사용할 것이라고 알려준다. 그러면 그 음악이 관객의 마음을 자극할 것이기 때문에 내가 굳이 감정을 격하게 표현할 필요가 없어진다. 나는 감정의 수위를 7 정도로 낮춘다. 이런 식으로 조율이 이루어지는 것이다.

공부와 연습, 조율의 과정을 모두 끝내고 나면 촬영에 들어간다. 이때 연기는 '재생'과 같다. 재생 버튼, 즉 플레이 버튼을 누르면 이제까지 연습한 것이 바로 나온다는 의미에서이다. 촬영중에 필이 온다면 좋겠지만 항상 그럴 수는 없지 않은가. 더도 말고 덜도 말고 내가 준비한 그대로 연기를 할 뿐이다.

이렇게 철저히 계산된 연기를 하게 된 이유는 사실 쓰디쓴 실패의 경험 때문이다. 2001년 연극 〈카르멘〉에서 돈 호세 역을 맡았다. 돈 호세는 불같은 질투심 때문에 사랑하는 카르멘을 죽이고 마는 비운의 남자이다. 그때 나는 연기를 '감정 몰입'으로 이해하고 있었다. 돈 호세의 질투와 분노를 그대로 느낄 수 있다면 좋은 연기를 할 수 있다고 생각했던 것이다.

연습을 할 때에는 뜨거운 감정을 유지하며 만족스러운 연기를 펼칠 수 있었다. 그런데 문제는 공연 당일에 벌어졌다. 평소와 다른 분위기 때문에 감정이 영 잡히지 않았던 것이다. 막이 오르기 전까지 감정을 잡아보려고 애썼지만 소용이 없었다. 노력을 할수록 초조해지기만 했다. 결국 그날 나는 '발 연기'를 하고 만다. 대사에는 아무런 느낌도 실리지 않았고 나 때문에 다른 배우들도 집중하지 못했다.

그날 내가 받은 충격과 상처는 대인공포증이 생길 정도로 심각했다. 그전까지 나는 어떤 역할이든 연기만큼은 누구에게도 뒤지지 않을 자신이 있었다. 그런 내가 공연을 완전히 망쳐버렸다. 선배와 동기 들은 배우라면 누구라도 수치심을 느낄 만큼 심한 말을 퍼부었고 나는 너무나 부끄럽고 속이 상해 공연 뒤풀이에도 가지 못했다.

혼자 포장마차에 앉아 소주를 마시고 있을 때였다. 한 선배가 들어

1막 1장.. "작가"

(작가가 서재에 앉아 글을 쓰고 있다. 고개를 들고 뭔가 생각하다가 관객을 본다.)

【작가】 아, 벌써들 오셨군요. 반갑습니다. 그렇지 않아도 마침 글을 쓰기가 따분해서 누구랑 같이 앉아 얘기라도 했으면 하던 ~~많이들 오셨네요~~ 참입니다. 보시다시피 여기가 바로 제 서재입니다. ~~(...)~~ 저는 매일같이 바로 이 책상에 앉아 오직 한 가지 생각에 골몰하고 있습니다. 써야 한다, 써야 한다, 써야만 한다!

그리고 ~~황홀표시추가(주역 슬쩍업고 물소리 만복).~~

~~아무튼...전 그동안 여기서 꽤나 많은 글을 썼습니다. 너무 많이 쓴게 아닌지 모르겠지만~~ 사실 저 창밖을 보면 세상이 건 정말이지 무지하게 빠른 속도로 지나가고 있다는 걸 느낍니다. 그리고 그럴때마다 저는 어떤 회의랄까 하는 걸 느끼는데 도대체 나란 사람을 이 방에다 앉혀놓고 매일매일 지칠 줄 모르게 글을 쓰게 해서 페이지를 메꾸고 여러가지 얘기를 만들어 내게 하는 도대체 무슨 힘일까 하는 겁니다. 질문은 거창 했지만 대답은 간단합니다. 별 수 없죠...난 작가니깐 글을 쓰는 수 밖에! ...어떨땐 그렇게 밖에 쓸 수밖에 가 아무래도 제 정신이 아닌것 같다 하고 느낄때도 있습니다.

누구랑 같이 앉아서 얘기를 하다가 갑자기 아무런 소리도 들리지 않고 움직이는 입만 보이는데 나는 입으로 그저 '네, 렇죠, 아' 하는 식으로 건성 대답만 하면서 머릿속에서는 ' 이 친구는 이런 얘기에 등장하는 요런 인물로 쓰면 딱 맞겠구나' 생각이 떠오르는 거예요. 그리고는 곧 신바람이 나서 얘기를 하나 씁니다. 다 쓴 다음에 그걸 교정하기 위해 한번 더 읽을 때 까지도 아주 기분이 좋죠. ~~그런데 막상 큰 얘기가 언제 되어서 책으로 나와 버리면~~ 전 그렇게 창피할 수가 없답니다. 보면 죄다 잘못 ~~황홀한건 하고~~ 8/2 너무과장표기 바로 돈이 변화돼서 이야기하지. 거고 완전히 실패작인 거예요. 그래서 차라리 쓰지 말걸 그랬다 후회하면서 아주 비참해 집니다. 그런데 그걸 사람들은 열심히 죠. 그리고 평을 합니다. " 아주 훌륭한 얘기로 톨스토이의 정신을 훌륭히 계승하고 있는 작품" 이라는등 " 뚜르게네프의 '아버지 아들들' 에 비교될 수 있을만한 작품" 이라는등 가지가지죠 ~~죠 (일어난다).~~

그래서 사실 오늘 여러분이 이곳에 오시기 전에 전 이런 생각을 했습니다. 언젠가 일진 모르지만 아무튼 작가라는 짓거리를 그 두어야 할 때가 올거라 이거죠. 그럼 대신 뭘 하냐구요? 사실 이런 얘기 이제껏 해본적이 없습니다. ~~만~~ 오늘 이 극장에 오신 러분한테 뭐 제가 솔직히 말씀 드리죠. 제가 진짜 하고 싶었던 일 ~~(...)~~ 아주 어릴 때부터 언제나.......아 잠 은..... 만요! 메모 좀 해야 겠습니다. 갑자기 얘기가 하나 떠오르네요! 이거 진짜 재밌는 단편이 되겠는데요 극장 얘기를 하다 보니 갑 기 아이디어가 떠오르네요.

~~폭발입니다!~~

장소는 바로 극장입니다. 어떤 연극에 첫 공연이 시작되는 어떤 극장에 수 많은 예술 왜호 들이 모여서 서로 인사를 주고 받으며 무슨 작품인지는 모르지만 그래도 작품에 대해 한마디씩 떠드는데...그중 한 사람 예외가 었으니 그의 이름은 이반 일리치 체르디아코프!

서서히 저희하던 느낌으로 가다가 딱 올라간다.

와서 내 연기에 실망했다고 속을 긁는 게 아닌가. 선배는 그런 식으로 내 승부욕을 자극했던 것이다. 나는 포기하지 않고 다시 연극에 도전하기로 했다.

〈고도를 기다리며〉라는 작품을 코미디로 각색한 연극이었다. 나는 〈카르멘〉의 실패를 곱씹으며 '포조' 역할에 철저히 계산적으로 접근했다. 그런데 사람들의 반응이 매우 좋았다. 하지만 만족할 수는 없었다. "김성훈은 정극은 안 맞지만 코미디는 잘한다" 같은 말들이 오갔기 때문이다. 오기가 생겼다. 다시 보여주고 싶었다.

그래서 바로 다음에 〈오셀로〉라는 작품을 골랐다. 그때 나는 영화 〈마들렌〉(2003)을 찍고 사회에 나가 영화배우로서의 삶을 모색하고 있었다. 게다가 〈실미도〉(2003)의 오디션을 통과해서 부대원 중 한 명으로 출연할 수 있는 기회를 잡았다. 그러나 〈오셀로〉를 포기할 수는 없었다. 정극이 약하다는 평가를 받는 만큼 정극으로 극복해야만 했다.

연습부터 무대에 오르기까지 7개월 동안 나는 〈오셀로〉에 내 모든 것을 쏟아부었다. 그 덕분에 중요한 것을 깨달을 수 있었다. 필이 아예 오지 않더라도 표현을 제대로 하면 관객이 그대로 느낄 수 있다는 사실, 그리고 마음속 상태가 아니라 관객에게 보이는 상태가 더 중요하다는 사실을 말이다. 공부-연습-조율을 거쳐 철저히 계산된 연기, 바로 이때 얻은 연기철학이다.

"그는 뛰어난 연기력을 가진 배우이다."

8/1 삼면가리 대화장면에서 관객에 대해 대사를 구하고. 관 앉혀놓려다. 반면에게 주는대사는 반면에게 돌보라.

[남편] 고맙네. 그나저나 자넨 조금도 변함이 없군. 아, 참 내 집사람 이레나일세. 처음이든가? 아니지, 전에 만났군. 베시로브 식당에서 식사때 옆에 앉았지? 여보 이레나, 혹시 이 못된 친구가 당신한테 무슨 얘기 한 거 없지?.. 당신은 모르겠지만, 이 친구는 못된 독신주의자에, 바람둥이에 또 칼솜씨 좋기로 유명하니까, 조심하는게 좋을꺼야. 피터, 안됐지만 그래도 이정도면 자네를 좋게 얘기한 셈 아닌가, 하하하...

[피터] 자넨 너무하는군 (부인을 힐끗 보며) 안녕하십니까, 부인? (모자를 슬쩍 건드린다. 그러나 거의 부인을 보지 않는다. 부인은 고개를 까딱 하고는 돌아서서 꽃을 본다)

[남편] 우린 지금 산책중인데, 바쁘지 않으면 같이 하지.

[피터] 아 고맙네 닉크, 하지만 난 지금 여길 떠날 수가 없네. 내 인생에 새로운 사랑이 시작됐거든. 내 두 다리는 납덩이 같애. 그래서 내가 사랑하는 그 여자가 안 보일 때까지 난 움직일 수가 없어!

(관객에게) 너무 심하다구요? 참을성을 갖고 계세요! (관객 전체에게 준다→) 안 돼있다.

[남편] 뭐야? 자넨 항상 웃기는 소릴 하는군. 어디있어? 누구야? .. 물론 예쁜여자겠지?

[피터] 예쁘다니, 그런 흔한 말은 쓰는게 아닐세. 감격적이랄까? 완벽한 모습이랄까? 아냐 그래도 부족해!

[남편] 그런데 왜 여기서 구경만 하나? 뭐가 문제 있구만!

[피터] 그야 언제나 똑같은 문제지. 그여잔 남편이 있거든. 아, 아무래도 난 희망이 없나 봐!

[남편] 허허허, 자네 이젠 별소릴 다하네. 이게 내기라면 난 자네편에 걸겠네. 내가 언제 자신 없는쪽에 거는거 봤나? 자, 자신을 갖으라구! 우린 가야겠네. 힘내라구! (나간다)

[피터] 음, (모자를 건드리며) 반가웠습니다 부인!

(관객에게) 자, 아주 멋지게 됐죠? 정말이죠? 전문가가 하는일이란 뭐든지 예술의 경지에 들어가는 법입니다... 전 쳐다보지도 않았고, 서로 말 한마디 제대로 주고 받지 않았지만, 그 여자는 이미 저에 대해 많은 사실을 알았습니다. 우선 제가 독신이라는 거, 두번째는 제가 사랑에 빠져있다는거, 로맨틱한 여자가 항상 관심을 가질수 있는 얘기죠. 그리고 세번째는 제가 뛰어난 스포츠맨이라는거! 특히 둔하게 생긴 남편이랑은 아주 좋은 대조가 되었죠. 다음 네번째로 가장 중요한 것은 제가 여자들한테는 위험할 정도의 매력이 있을 수 있다는거! 물론 지금으로서는 그 여자 보기에 내가 기분 나쁜 사람이겠죠. 첫째, 제가 바람둥이 라는 거, 둘째 제가 아무에게나 너무 솔직하게 속마음을 얘기해 버린다는 거, 그리고 셋째는 제가 관심을 쏟고 있는 여자가 자기가 아니란 사실 때문입니다. 자, 너무 자신만만해 보인다면 용서해 주십시요. 하지만 모두 사실 아닙니까? 자, 여기까지 방법을 다 잘 적으셨겠죠? 그럼 이제부터는 약간 어려워집니다. 이번 단계는 최면을 거는 단계거든요. 하지만 눈으로 거는 최면이 아니라, 먹이를 노리는 독사처럼, 혀로 하는 최면술입니다. (그리고 물론 상대는 아직도 그 남편입니다.) 자, 제가 몇 일후 아주 우연인 것처럼 그 친구를 클럽에서 만나게 됩니다!

(클럽으로 간다. 남편은 앉아서 신문을 보고 있다. 피터가 들어와 신문을 집어들고는 옆에 앉는다. 남편이 먼저 알아본다)

[남편] 여, 피터.. 아니, 자네 왜 그리 우울해뵈나?.. 아, 요전에 공원에서 보고있던 그 여자 때문이로군! (웃는다)

[피터] 내 얼굴에 써있나 보군! 아, 난 절망일세 닉키. 지난번 자네랑 부인을 만났던 그 뒤로는 그녀를 못 봤다네. 잠도 못자고, 밥도 안먹히고... 허리띠를 일인치나 줄였다네. 아, 닉키, 난 왜 평생 내 여자가 될 수 없는 여자를 쫓느라 내 귀중한 젊음을 낭비하는지 모르겠어. 정말이지 자네가 부럽네!

[남편] 내가? 아니, 자네가 날 부러워할게 뭐있나?

[피터] 자네의 멋진 결혼이지. 정말 자네 부인은 아주 매력적이더군 그래. 이건 진심일세!

[남편] 그래? 아니 우리 집사람의 어디가 어떻다구?

[피터] 무슨소리야? 그만큼 우아하고, 은은한 매력에, 모든 걸 다 갖춘 사람이 어디 있나, 특히 자네를 쳐다보는 사랑스런 그 눈길은 정말 감탄이 절로 나두군. 세상에 나를 그런눈으로 봐줄 사람이 있다면야. 그런 사랑과 정열의 눈으로 나를 봐준다면 난... 그런 눈길을 받을 때는 물론 여자 가슴이 떨리는 거까지 느껴지겠

14

이런 말을 자주 사용하고 또 듣고 있지만 사실 '연기력'이라는 말은 우스운 단어 중 하나이다. 이 말을 할 때 '연기력'을 '기술'의 의미로 이해하고 사용하기 때문이다. 하지만 연기력이란 기술이나 재능이 아니라 삶에 대한 이해를 의미하는 것일 터이다.

어떤 상황과 관계를 얼마나 잘 통찰해내고, 얼마나 충실하게 움직이느냐에 연기의 사실성이 달려 있다. 내가 알고 움직이는 것과 시나리오대로만 움직이는 것을 관객들은 구별해낸다. 못하는 것은 아닌데 왠지 모르게 설득력이 부족한 연기, 관객의 마음을 울리지 못하는 연기는 바로 이런 차이에서 나오는 것이다.

훌륭한 배우가 되고 싶다는 꿈은 훌륭한 인간이 되어야겠다는 다짐으로 이어진다. 삶에 대해 깊이 이해하는 배우가 되고 싶다. 누구보다 성실하고 사려 깊은 사람이 되고 싶다.

나를 놓지
않았던 사람,
종빈 감독

지난 시간을 돌아볼 때 어떤 사람을 빼놓고는 설명할 수 없는 시기가 있다. 어려운 시기에 만난 사람, 특히 그때 나를 믿고 놓지 않았던 사람과는 정말 특별한 관계가 되는 듯하다. 내게는 윤종빈 감독이 그런 사람이다.

윤종빈 감독과는 대학교를 졸업한 해에 처음 만났다. 내가 97학번이고 윤종빈 감독이 98학번으로 같은 연극영화과를 나오긴 했지만 학교를 다닐 땐 서로 모르는 사이였다. 연기와 연출로 각각 전공이 달랐기 때문이다.

그해에 나는 오디션이란 오디션은 모두 떨어져서 매일매일 불안한 시간을 보내고 있었다. 미래가 불투명한 때였다. 지금 소속사의 나병준 대표는 그 시절의 나를 이렇게 설명한다. "달달하진 않은데 잘하면 연기파 배우로 만들 수 있을 것 같은 애." 꽃미남은 아니고 목소리는 저음이라 그렇게 봤던 것 같다. 그 이미지를 믿고 매니지먼트 회사에 가능성 있는 신인이라고 말해놓긴 했는데 나대표도 일개 팀장이었는 지라 적극적으로 밀어주진 못하던 때였다.

그 무렵 나대표가 '용서받지 못한 자'라는 제목의 시나리오를 보여 주었다. 윤종빈 감독의 대학 졸업작품이었다. 군대 이야기라서 시나리 오가 술술 읽혔고 감정 몰입이 잘 되었다. 내 역할을 제대로 소화할 수 있겠다는 자신감도 들었다. 무엇보다 이 영화를 잘 찍어서 매니지먼트 회사와 계약을 해야겠다고 마음먹었다.

영화를 찍기로 결심한 바로 다음 날부터 윤종빈 감독과 매일 함께 시간을 보냈다. 시나리오를 읽으면서 같이 대사를 만들고 디테일한 부 분을 채워넣었다. 그렇게 3개월 정도 리허설을 거친 다음 촬영에 들어 갔다. 10개월 정도 촬영을 했는데 한겨울에 한여름 장면을 찍어야 해 서 무척 힘들었다. 입김이 나오면 안 되니까 차가운 물이나 얼음을 계 속 먹으면서 찍었던 기억이 난다.

물론 마냥 고생스러웠던 것만은 아니다. 태정이 어수룩한 이등병 지훈에게 전화 받는 법을 가르치는 장면이 있다. 원래 시나리오에는 없던 장면인데 즉흥적으로 만들어졌다. 태정이 교육을 시킨다는 명목 하에 후임을 괴롭히는 장면으로 우스운 대화가 쉬지 않고 이어진다.

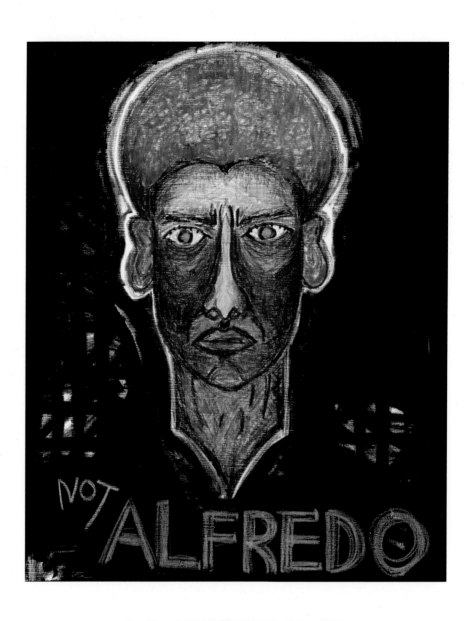

Not Alfredo | 캔버스에 혼합매체 | 90.5×72.5cm | 2010

지훈 : 통신보안 이병 이지훈입니다. 무엇을 도와드릴까요?

태정 : 그러면 도와줄 수가 없어. 너처럼 그렇게 느리게 말을 하면 도와줄
수가 없어. 무슨 말인지 알지? 딱, 신속 명확 정확하게. 알았어?

지훈 : 네, 알겠습니다.

태정 : 아니 모르는 것 같은데. 손 대, 손 올려. 몇 대 맞을래?

지훈 : 저 한 대 맞겠습니다.

태정 : 충분해? 될 것 같아?

지훈 : 네. (맞는다) 아야……

태정 : (즐거워하며) 흐흐.

상황을 즐기는 태정과 그런 줄도 모르고 최선을 다하지만 여전히
어수룩한 지훈의 모습이 잘 드러나는 대화이다. 이 장면을 촬영할 때
태정 역을 맡은 나와 지훈 역을 맡은 윤종빈 감독의 호흡이 착착 맞아
서 연기하는 맛이 있었다. 이렇게 촬영이 성공적으로 이루어진 날이면
짜릿한 희열을 느끼기도 했다.

내게는 영화 수업처럼 소중한 시간이기도 했다. 당시 나는 연극에
익숙한 상태라 영화 연기를 하자 거친 면들이 드러나기 시작했다. 물
론 영화 〈마들렌〉으로 데뷔를 했고 드라마 〈무인시대〉(2003~2004)를
6개월 동안 찍었으니까 카메라 앞에서 연기하는 게 처음은 아니었다.
하지만 영화를 찍는 방식을 고민하고 카메라 앞에서 오랜 시간 연기를
하면서 그제야 몸이 풀리는 느낌이 들었다. 아, 내가 잘할 수 있는 연

기가 바로 이거구나!

촬영이 다 끝나고 영화의 중간 편집본을 박광춘 감독에게 보여준 일이 있다. 박광춘 감독은 〈마들렌〉과 〈잠복근무〉(2005)를 통해 나를 영화계로 이끌어준 고마운 분이었기 때문에 내가 찍고 있던 영화를 꼭 보여드리고 싶었다. 그런데 중간 편집본을 본 박광춘 감독이 나에게 말했다.

"너희는 이래서 안 돼. 영화가 재미가 있어야지. 이게 뭐냐?"

물론 2년 뒤 박광춘 감독은 이 말에 대해 미안하다고 사과를 했다. 흐흐흐. 그러나 당시에는 이런 가혹한 평가에 정신이 멍했고 한편으로 는 오기가 발동하기도 했다. 제작 단계에서부터 촬영 끝까지 정말 열 심히 만든 영화였기 때문이다.

결국 〈용서받지 못한 자〉(2005)는 평단의 큰 찬사를 받으며 칸 국제 영화제의 '주목할 만한 시선' 부문에 초청된다. 그때 나는 거의 무명에 가까워서 다른 배우들처럼 비즈니스 석에 타지는 못하고 이코노미 석 에 타야 했다. 그렇게 스타일리스트도 없이 혼자 옷가방에 턱시도를 챙겨 칸에 갔다.

게다가 숙소는 칸에서 기차를 타고 50분은 가야 닿는 니스에 있었 다. 밤에 일정이 잡히면 아침에 혼자 메이크업을 하고 턱시도를 차려

Street | 캔버스에 혼합매체 | 146×112cm | 2009

입고 기차를 탔다. 턱시도를 입고 기차를 타는 게 민망한 날은 옷가방에 턱시도를 챙겨가서 영화진흥위원회 부스 같은 곳에 들어가 갈아입기도 했다.

또 나와 윤종빈 감독, 그리고 함께 영화를 찍은 서장원의 숙소는 서로 멀리 떨어져 있어서 헤어지기 전에 항상 만날 시간과 장소를 정해야 했다. 몇 시에 뤼미에르 극장 앞에서 보자는 식으로 약속을 잡고 꼭 그때 만났다. 만나서 영화도 보고 인터뷰도 하고 나면 밤 12시가 넘었는데, 택시비가 20만 원이나 나왔기 때문에 숙소로 돌아가지 않고 칸에서 밤을 새우기도 했다. 그날도 뤼미에르 극장 앞에서 밤새워 술을 마시던 참이었다. 갑자기 윤종빈 감독이 소리쳤다.

"나는 지금보다 더 크게 될 거야!"

그러고는 다시 나를 향해 또 한 번 외쳤다.

"나는 마틴 스코세이지고 형은 로버트 드니로야!"

1974년에 마틴 스코세이지와 로버트 드니로가 〈비열한 거리〉(1973)로 칸 국제영화제의 '감독주간'에 초청되었는데 우리도 그렇게 여기에 와 있다는 뜻이었다. 〈비열한 거리〉는 스코세이지와 드니로가 처음 만난 작품으로 뉴욕의 이탈리아인 거주 지역에서 살아가는 갱들의 삶을 그런 영화다. 드니로는 다혈질 청년 자니 보이 역을 맡아서 큰 주목을 받았고 〈비열한 거리〉는 이후 많은 영화에 영향을 끼쳤다. 그 뒤에 이 콤비는 〈택시 드라이버〉(1976), 〈뉴욕 뉴욕〉(1977), 〈성난 황소〉(1980), 〈좋은 친구들〉(1990)과 같은 굉장한 작품을 함께 만든다. 그러니까 윤종빈 감독의 말은 우리도 그런 콤비가 되자는 포부 같은 것이었다.

윤종빈 감독이 술을 마시고 길거리에서 소란을 피운 것도 스코세이지의 유명한 일화를 따라 한 것이다. 어쩌면 그보다 더 심하게 난동을 부렸는지도 모른다. 대학 졸업작품으로 칸까지 왔으니 얼마나 피가 끓었겠는가.

그 이후 〈비스티 보이즈〉(2008)로 윤종빈 감독과 다시 만나게 되었다. 윤종빈 감독이 부산에서 서울로 처음 올라왔을 때 강남을 보고 느낀 충격을 바탕으로 만든 영화라 한다. 청담동 호스트바가 배경으로 나는 호스트와 손님을 이어주는 마담 재현 역을 맡았다.

그러나 촬영에 들어가기가 너무 어려웠다. 투자사에서 내가 맡기로 한 역할을 다른 배우가 할 경우에만 투자를 하겠다고 선언했기 때문이다. 이런 이유로 감독이 좋아하는 배우를 쓰지 못할 때가 많다는 걸 알고는 있었지만 현실은 더욱 잔인했다. 특히 〈비스티 보이즈〉의 재현은 윤종빈 감독이 나를 염두에 두고 쓴 캐릭터였기 때문에 서로 내색은 안 했지만 몹시 힘든 시기를 보냈다.

그렇게 오랫동안 투자를 받지 못하고 계속해서 일정이 밀리다가

2007년 12월이 되어서야 겨우 촬영에 들어갈 수 있었다. 〈추격자〉가 잘나간다는 소문이 돌고 〈히트〉로 내 인지도가 어느 정도 생기면서 투자를 받게 된 것이다. 그렇다고 그 투자가 넉넉했던 것도 아니다. 그 당시에 보통 35억 원 정도는 받아야 영화를 찍을 수 있었는데 우리는 16억 9000만 원 정도밖에 받지 못했다. 보통 영화를 찍는 데 필요한 돈의 절반도 받지 못하고 촬영에 들어간 것이다.

만약 그때 내가 아닌 다른 배우를 선택했다면 쉽게 영화를 찍을 수 있었을 것이다. 그런데도 윤종빈 감독은 나를 기다려주었다. 세 번이나 영화사를 옮겨가면서. 그리고 우리는 처음 만나 〈용서받지 못한 자〉를 찍을 때처럼 하나하나 영화를 만들어 나갔다. 함께 만드는 즐거움을 우리는 이미 잘 알고 있었다.

가끔 칸의 밤을 생각한다. 꿈에 대해 우리가 나눈 대화를 생각하면 아직도 마음이 설렌다. 지금 우리는 그 꿈에 얼마만큼 가까이 갔을까. 언젠가 꼭 윤종빈 감독과 칸에 다시 가고 싶다.

I Love Film | 캔버스에 혼합매체 | 91×73cm | 2011

재현아, 병운아,
니들이 좋다!

시간이 흐른 뒤 내가 출연한 영화를 다시 보는 일은 특별하다. 개봉 당시에는 관객들의 반응이 가장 궁금한 상태이기 때문에 영화에 집중하기가 어렵다. 최선을 다했기 때문에 아쉬움은 없다고 생각하지만 극장의 분위기가 신경 쓰이는 게 사실이다. 배우란, 사람들에게 선택을 받아야만 살아남을 수 있는 직업이기 때문이다. 아무리 뛰어난 연기를 펼치고 작품이 우수하다고 해도 인정해주는 이를 만나지 못하면 소용 없다. 내가 속한 세계는 그런 곳이다.

하지만 시간이 흐른 뒤라면 이야기는 좀 달라진다. 내가 만들어낸 인물들을 관객으로서 다시 만나게 되기 때문이다. 이제는 과거로 흘러간 영화이기 때문에 조금 더 편안하고 여유로운 마음으로 집중할 수가 있다.

특히 내가 만들어낸 디테일을 유심히 보는 편이다. 시나리오에는 인물의 대사밖에 없기 때문에 표정과 제스처 등은 모두 내가 만들어내야 한다. 성격이 결정되면 그 틀 안에서 가능한 디테일들을 생각해본다. 디테일이 풍부해질수록 시나리오 속의 인물이 현실에 존재하는 것처럼 생동감을 띠게 된다. 그 디테일을 연구하고 표현하는 일은 연기의 즐거움 가운데 하나이다.

내 영화 중에서 이런 디테일이 잘 살아 있는 작품이 바로 〈비스티 보이즈〉와 〈멋진 하루〉(2008)이다. 나는 실제 내 말투와 행동에서 많은 부분을 가져와 재현과 병운을 만들어냈다. 특히 재현은 입체감이 떨어지지 않도록 상당히 신경을 썼다. 능글맞고 뻔뻔하지만 허술한 면도 많아 마냥 미워할 수 없는 인물이기 때문이다.

이 장면은 생각만 해도 웃긴다. 내가 제일 좋아하는 장면이다. 재현이 차 안에서 여자를 만나 수작을 부리는 장면이다. 재현은 여자친구 집에 얹혀살고 있기 때문에 여자친구와 헤어질 수가 없다. 하지만 이 여자에게 돈을 뜯어내야 하기 때문에 거짓말을 늘어놓는다.

"우리가 새로 다시 시작하려면 오빠가 일적으로 좀 정리해야 할 부분이 있어. 미선아. 오빠가 진짜 너만큼은 프레씨한 상태에서 시작하고 싶어. 진짜야."

Smile | 캔버스에 혼합매체 | 73×61cm | 2011

재현이 '일적'이라는 말도 안 되는 단어와 영어를 섞어 쓰는 이유는 거짓말을 포장하기 위해서다. 남을 속이기 위해서 그럴듯해 보이는 척하는 게 일상이 된 남자이기 때문이다. 그래서 얼굴 근육을 크게 움직이고 손동작도 많이 가미했다. 더 진실하게 보이려고 과장된 행동을 할 거라고 생각했기 때문이다. 이 장면에서 관객은 재현이 거짓말을 하고 있다는 걸 그런 제스처만으로 알 수 있다. 그리고 속 빈 강정 같은 재현의 모습에 모두 웃게 되는 것이다.

또 재미있는 장면 하나. 재현은 여자에게 돈을 뜯어내기 전에 끝내기 한 방을 준비한다. 사람들과 짜고 궁지에 몰린 척 연극을 벌이기로 한 것이다. 술집에서 여자와 함께 있는데 사람들이 찾아와서 밖으로 불러낸다. 그리고는 빚을 갚으라고 위협하는 척한다. 이때 재현의 대사.

"들어가 있어. 절대 나오지 마. (……) 우리 미선이, 오빠는 괜찮아. 우리 미선이는 건드리지 마세요."

사람들에게 맞아서 바닥에 구르는 연기를 하면서도 재현은 여자가 자신을 믿는지 관찰한다. 비굴하고 얍삽한 재현이 코믹하게 보이도록 표정 연출에 공을 많이 들였다. 실제로는 맞지 않기 때문에 여자에게 들킬까봐 팔로 얼굴 전체를 완전히 가리면서도 살짝살짝 여자의 눈치를 살피는 것이다.

〈멋진 하루〉도 처음에는 이렇게 자잘하지만 강렬한 코미디로 연기하고 싶었다. 그러나 도연 누나와 캐릭터에 대해 이야기를 나누다보니, 병운의 캐릭터가 자꾸 관객을 웃기면 영화의 색깔이 코미디 쪽으로 기울 수 있다는 의견이 나왔다. 그럼에도 영화 초반에 건달처럼 비치는 병운의 캐릭터를 영화가 끝날 즈음에는 관객들이 사랑스럽게 느낄 수 있도록 도와주는 선에서는 디테일한 코미디 장치들이 필요하다고 생각했다. 도연 누나 역시 이 부분은 인정해주었다. 이렇게 해서 〈멋진 하루〉 속에는 내가 의도했던, 나를 닮은 작은 디테일들이 살아 있다. 예를 들면 이런 장면들.

병운 앞에 옛 연인인 희수가 나타나서 예전에 빌려간 돈을 갚으라고 요구한다. 병운은 돈을 마련하기 위해 희수와 함께 이 사람 저 사람을 찾아다닌다. 그러다가 사촌형의 집까지 가게 되는데 마침 형수의 생일이다.

병운은 "생일 축추욱……" 압축적인 생일 축하 노래를 불러준 다음 뭐 재미있는 게 없나, 하는 표정으로 주위를 두리번거린다. 옛 남자친구의 친척을 만나는 것이 불편한 희수는 코트 주머니에 손을 넣고 어두운 표정으로 시선을 떨어뜨리고 있는데도 병운은 눈치 없이 땅콩까지 먹고 있다.

이때 시나리오에 없는 애드리브가 나온다. 내가 봉지 속의 땅콩을 도연 누나에게 권하는 장면이 그것이다. 누나는 순간 '이게 뭔가' 하는 표정으로 멈칫하다가 고개를 돌려 외면하는데 나는 이에 아랑곳하지

It Will Stop Soon | 패널에 혼합매체
156×45cm | 2010

멋진 하루

My Dear Enemy

[시나리오] 박은영 이윤기 [감독] 이윤기

〈멋진 하루〉 병운의 캐릭터에 대해
고민한 흔적들

않고 계속 리듬을 타면서 땅콩을 형수한테 권한다. 그러자 형수는 땅콩을 받아먹는다.

코미디를 위한 애드리브는 계속된다. 사촌형이 병운에게 밖에 나가 고기 좀 같이 굽자고 하는 장면이 이어진다. 나는 응, 하면서 문턱을 두 발로 점프해서 넘어간다. 슬랩스틱을 약간 해봤다. 살짝 신경질이 난 희수와 달리 속없고 여유로운 병운의 리듬을 느낄 수 있다.

또 이런 장면.

이번에는 중학교로 조카를 만나러 간다. 사라진 줄 알았던 조카 소연을 찾은 후에 희수와 함께 셋이 학교를 빠져나오는데 이때 가만히 보면 병운은 힙합 스타일로 걸어가고 있다. 새침하게 쭈뼛쭈뼛 걸어가는 두 여자 사이에서 병운은 혼자 둥글고 큰 힙합 리듬을 타며 걷는다.

힙합을 하는 흑인들이 위에서 아래로 크게 악수를 권하는 것처럼 손짓을 하며 소연에게 말을 걸기도 한다. 〈멋진 하루〉를 보고 이 장면에서 내 특이한 리듬을 발견한 사람은 무척 드물지만 알아본 이들은 그만큼 크게 웃는다.

코미디를 위한 나의 디테일은 계속 이어진다. 운동장을 가로질러 학교를 나온 병운과 소연의 대화.

"소연이 음악 뭐 들어?"
"내가 말하면 삼촌이 알아?"
"그럼 알쥐……"

이런 디테일이 정말 좋다. 〈멋진 하루〉를 찍을 때 이윤기 감독이 나의 디테일 표현을 인정해주고 잘 살려주어서 연기하기가 즐거웠다.

내 영화를 볼 때 무엇보다 좋은 점은 작품을 더 깊고 넓게 볼 수 있다는 것이다. 단 한 장면에서도 사람들이 미처 발견하지 못하고 넘어가는 부분들을 한눈에 알아볼 수 있다. 내가 오랫동안 고민하며 만들어냈던 세밀한 부분들이 그 안에 그대로 녹아 있기 때문이다. 그래서 조금 쑥스러운 이야기이지만 나는 내 영화들이 재미있다. 그리고 배우의 길을 걷는 내가 점점 더 많이 좋아진다.

Godfather
& Love Affair

좋은 영화는 많지만 자꾸 보게 되는 영화는 드물다. 그런 영화는 마치 도돌이표 같아서 보는 순간 또다시 보게 될 것을 알게 된다. 몇 번을 보아도 감동이 줄어들지 않는 영화, 오히려 볼수록 새로운 느낌이 생기는 영화. 그런 영화 앞에서 나는 언제나 첫번째 관객이 된다.

프랜시스 포드 코폴라 감독의 〈대부The Godfather〉는 그중에서도 가장 여러 번 본 영화이다. 특히 〈대부 1〉(1972)에서 대부, 그러니까 비토 코를레오네 역할을 맡은 말런 브랜도가 나오는 장면을 가장 좋아한다. 감동적일 뿐만 아니라 연기란 무엇인지 제대로 보여주기 때문이다. 그중에서 세 장면만 뽑아보기로 한다.

첫번째, 코를레오네 패밀리가 마약 사업을 제안하러 온 마약상 솔로초와 만난다. 말런 브랜도의 절제된 연기가 빛을 발하는 장면이다. 솔로초가 타타글리아 패밀리와 마약 사업을 하기로 했다며 자신의 뒤를 봐달라고 부탁한다. 타타글리아 패밀리는 코를레오네 패밀리와 사이가 좋지 않다.

대부는 마약 사업이 위험하고 지저분하다는 이유로 이 부탁을 거절한다. 하지만 솔로초는 대부가 약속한 돈을 받지 못할 것을 걱정하여 거절한다고 생각하고 타타글리아 패밀리를 믿으라고 설득한다.

이때 다혈질인 첫째 아들 소니가 끼어들어서 자신의 속마음을 그대로 드러낸다. 타타글리아 패밀리를 어떻게 믿을 수 있느냐는 것이다. 그 순간 대부는 엄격한 눈빛으로 돌아보며 "조용"이라는 한마디 말로 아들을 제압한다. 그리고 솔로초에게 아들을 엄하게 키우지 못했다며 무례함을 사과한다.

곧 솔로초를 돌려보내고 대부가 소니를 따로 불러 하는 말.

"왜 그러냐? 네 머릿속의 생각을 밖으로 발설하면 안 돼."

대부가 아들에게 주는 삶의 조언이다. 속내를 짐작할 수 없게 할 것. 이는 혈혈단신으로 미국에 와서 지금의 강력한 패밀리를 건설한 대부의 생존 방식이었던 것이다. 하지만 침착하고 냉정한 대부와 달리 소니는 감정적이며 충동적이다. 그리고 결국에는 이런 기질 때문에 총

Chee Ken | 캔버스에 혼합매체 | 72.5×60.5cm | 2010

격을 당해 죽고 만다. 그러니까 바로 이 짧은 장면 안에 코를레오네 패밀리의 과거와 미래가 모두 들어 있다. 그 때문에 짧지만 깊고 단순하지만 강렬하다.

두번째, 변호사 톰이 대부에게 소니의 죽음을 알리는 장면이다. 대부는 늦은 밤 홀로 술을 마시고 있는 톰에게 다가가 묻는다.

"집사람이 울고 있더구나. 무슨 일인지 내게도 말해줘야 하잖니?"

톰은 망설이다가 소니가 공격을 받아 죽었다는 소식을 전한다. 대부에게 가족은 소중하다는 말로는 표현이 부족할 만큼 절대적인 존재이다. 이탈리아에서 미국이라는 낯선 땅으로 건너와 살면서 누구를 의지하고 믿을 수 있었을까. 그런 가족, 그중에서도 자신의 첫째 아들이 총격을 당해 처참하게 죽고 만 것이다. 하지만 대부는 한 아들의 평범한 아버지일 수만은 없다. 코를레오네 패밀리를 이끌어가는 대부이기 때문에 자식을 잃은 슬픔을 억누르며 이 사태를 수습하고자 한다.

말런 브랜도는 이 장면에서 결코 잊지 못할 연기를 보여준다. 그는 울음을 참으려는 듯 숨을 한 번 내쉰다. 그리고 눈에 고인 눈물이 떨어지지 않도록 고개를 들어 허공을 바라본다. 겨우 슬픔을 삼킨 그는 잠긴 목소리로 복수는 원하지 않는다며 뉴욕 마피아계 다섯 패밀리와의 회의를 소집하라고 명령한다.

물이 끓을 때 불을 줄이면 금방 가라앉는다. 그렇다고 물이 차가워진 것은 아니다. 슬픔 역시 삼킨다고 사라지는 것은 아니다. 말런 브랜도는 절제된 감정 표현이 더 격렬한 슬픔을 불러일으킨다는 것을 증명이라도 하듯 이 장면을 멋지게 연기해냈다.

마지막 세번째, 토마토밭에서 대부가 죽는 장면이다. 햇빛이 좋은 어느 날 오후, 대부가 손자 앤서니와 함께 정원에 나와 있다. 앤서니는 알 파치노가 연기했던 셋째 아들 마이클의 아들이다. 냉정하고 엄격한 대부가 아니라 평범한 할아버지로서 어린 손자와 즐거운 시간을 보내는 모습이 더없이 평화롭게 그려진다.

그는 딱딱한 빵을 칼로 잘라 입안에 끼우고 손자를 놀래주는가 하면 물뿌리개로 물을 쏘는 손자를 피해 토마토밭에 숨기도 한다. 그러다가 기침이 터지면서 점차 걸음이 느려지고 결국 그는 토마토밭에 쓰러지고 만다. 대부의 최후인 것이다. 할아버지의 죽음을 모르는 손자는 누워 있는 할아버지를 향해 물뿌리개로 물을 뿌린다. 이 모습이 대부의 죽음을 더욱 슬프고 아름답게 장식한다.

이렇게 대부의 최후를 산뜻하게 연출한 점이 좋다. 대부는 코를레오네 조직의 보스이자 한 대가족의 가장이다. 따라서 그의 죽음은 큰 사건이고 비극이다. 그러나 무게를 가능한 덜고 잔잔하게 그려냄으로써 더 진한 감동을 주는 것이다.

Present | 캔버스에 혼합매체 | 91×73cm | 2011

〈대부〉에 이어 자주 보는 영화는 〈러브 어페어Love Affair〉(1994)이다. 어떤 장면들은 마음이 너무 아파서 눈물을 흘리며 본다. 특히 영화의 마지막 부분, 마이크가 테리의 방 안에서 자신의 그림을 발견하는 장면이 그렇다. 사랑이란 때로는 변명하지 않고 인내하는 태도라는 것을 감동적으로 보여주기 때문이다. 이 장면을 이해하기 위해서는 먼저 영화의 줄거리를 살펴볼 필요가 있다.

유명한 바람둥이 마이크와 아름다운 여인 테리가 우연히 한 비행기에 탄다. 그런데 비행기의 고장으로 두 사람은 섬에서 함께 시간을 보내게 된다. 두 사람은 섬에 사는 마이크의 숙모를 찾아가 즐거운 시간을 가진다. 그렇게 둘은 점점 가까워지며 사랑을 느낀다.

하지만 이미 두 사람에게는 약혼자가 있었다. 그들은 어떤 쪽이 진정한 사랑일까 고민하며 석 달 뒤 엠파이어스테이트 빌딩에서 만나기로 하고 헤어진다. 이 감정이 일시적인 게 아니라 정말 사랑이라면 다시 만날 수 있으리라 믿었던 것이다.

시간이 흘러 석 달 뒤, 테리는 약속 장소로 향하던 중 교통사고를 당하고 마이크는 그녀를 기다린다. 하지만 그녀는 오지 않고 결국 마이크는 그녀에게 주기 위해 직접 그린 그림을 직원에게 맡긴 채 자리를 떠난다. 하지만 마이크는 여전히 테리를 잊지 못한다. 그리고 테리는 사고로 불구가 된 다리 때문에 마이크에게 차마 연락하지 못하고 그를 그리워하며 지낸다.

크리스마스이브, 이제 내가 눈물을 줄줄 흘리는 장면이 펼쳐진다.

마이크는 테리를 찾아간다. 숙모가 유품으로 숄을 남기면서 테리에게 전해달라고 부탁한 것이다. 숙모의 유언 덕분에 마이크는 오해를 풀게 된다. 테리의 집에서 자신이 직원에게 맡겼던 그림을 발견한 것이다. 그 그림을 본 순간 그는 그녀가 자신을 사랑하고 있다는 사실을 알게 된다. 그리고 자리에서 일어나지 않은 채 자신을 맞이하는 그녀에게 사고가 일어났다는 사실도 알게 된다.

이 장면에서 두 사람은 별말이 없다. 테리는 왜 그날 그 자리에 나가지 못했는지 설명하지 않는다. 그리고 마이크는 이제까지 그녀를 생각하고 간절히 그리며 지냈다는 말을 하지 않는다. 그럼에도 그 둘은 비행기에서 느꼈던 감정이 여전히 지속되고 있음을 느낀다. 사랑이란 설명하지 않아도 느껴지는 강력한 감정, 〈러브 어페어〉는 그런 메시지를 이 장면을 통해 들려주고 있는 것이다.

이상하다. 사랑이란 일상을 함께하는 소박한 감정이며 서로에 대한 의리와 믿음이라고 생각하면서도 이렇게 운명적인 사랑 이야기를 보면 나도 모르게 눈물이 흐른다. 마음 깊은 곳에서는 운명 같은 사랑을 그리워하고 있는 것일까. 영화는 그런 마음을 건드려 결국 펑펑 눈물을 쏟아내게 한다.

매해 크리스마스이브가 다가오면 마치 처음 보는 영화인 것처럼 다시 〈러브 어페어〉를 보고 싶어진다.

Flower 3 ㅣ 캔버스에 혼합매체 ㅣ 162×130cm ㅣ 2010

My
Mr. Lee

지금부터 하는 이야기는 내가 무척 아끼고 좋아하는 한 야생 멧돼지에 대한 것이다.

5년 전, 깊은 산속에서 살던 야생 멧돼지 한 마리를 만났다. 눈이 선하고 얼굴이 고와서 이놈이다, 싶었다. 그래서 덥석 앞발을 잡고 사람들이 사는 도시로 데리고 왔다. 사람 사는 세상에 적응을 시켜야 했으니 우선은 말을 가르쳤다. 하나를 가르치면 열을 아는 총명함은 없었지만 참으로 성실하고 선량한 멧돼지였다. 말이 통하면서 나는 이 야생 멧돼지를 '야생이'라 줄여서 부르기 시작했다.

야생이에게는 콤플렉스가 한 가지 있었다. 사람 사는 세상이 적지 않은 스트레스를 주었던지 머리가 휑했던 것이다. 그래서 야생이는 비니를 쓰고 자신의 정수리를 감추고 다녔다. 하지만 내가 보기에 비니는 답답하기만 했다. 머리숱이 없는 게 뭐가 문제일까. 명랑하고 쾌활한데다 일도 잘해서 모든 사람이 야생이를 좋아하는데…… 그리고 오히려 비니 때문에 야생이의 콤플렉스가 더 두드러지는 것 같았다.

나는 야생이의 콤플렉스를 해결해주고 싶었다. 감추지 말고 드러낼 것! 패션의 첫걸음이 아닌가. 나는 야생이가 답답한 비니를 벗을 수 있을 만큼 멋진 헤어스타일을 고민하기 시작했다. 누군가에게 어울리는 헤어스타일을 떠올리는 것은 내 전문이다. 대학교 때 연기학원에서 강사로 아르바이트를 할 때 곧잘 하던 일이기 때문이다.

시나리오 속의 인물을 사실적으로 표현하기 위해서는 우선 헤어스타일이 결정되어야 한다. 내게 헤어스타일은 인물의 이미지를 잡는 데 있어 결정적인 부분이었다. 지금도 인물 분석을 할 때면 그 사람의 헤어스타일부터 생각해볼 정도이니까. 나는 그 당시 지도하던 학생들에게 동네 미용실에서 파마를 하고 오도록 지시하기도 하고 커트를 시키기도 했다. 본인의 얼굴에 어울리고 캐릭터에 맞는 헤어스타일이 결정되고 나면 그 밖의 디테일들은 쉽게 풀리기 때문이다.

야생이의 얼굴을 바라보았다. 깨끗한 피부에 둥근 얼굴, 조용하고 선한 인상. 야생이는 참 모범생처럼 보였다. 그래서 나는 야생이에게 강렬한 느낌을 더해주고 싶었다. 야생이와 함께 미용실에 갔다. 헤어디자이너 친구와 상의를 하고 잠시 자리를 비켜주었다. 야생이도 나도 변화될 모습이 무척이나 궁금했다.

기다림도 잠시, 드디어 비니를 벗고 야생이가 내 앞에 나타났다. 작은 컬이 용수철처럼 살아 있는 멋진 헤어스타일이었다. 야생이는 처음에는 어색해했지만 금세 적응하고 자랑스럽게 자신의 머리를 드러내고 다녔다. 새로운 헤어스타일과 함께 거짓말처럼 야생이는 더욱 명랑해지고 밝아졌다. 어느 날 야생이는 내게 고마움을 전하면서 자신의 이야기를 들려주었다.

저는 원래 고등학교 때 춤을 췄답니다. 지금이야 이렇지만 그 당시에는 몸무게가 60킬로그램을 넘은 적이 없어요. 키가 173센티미터이니 정말 날렵하고 가뿐했지요. 댄서가 되고 싶었는데 너무 무리하게 연습을 하다가 그만 허리를 다치고 말았어요. 어쩔 수 없이 꿈을 포기해야만 했지요. 그래도 방송 쪽과 관련된 일을 하고 싶어서 신문방송학과에 들어갔어요. 대학에 들어간 지 얼마 되지 않았을 때 집안 형편이 안 좋아져서 아르바이트를 해야만 했지요. 가능하면 매니저일을 하고 싶더라고요. 방송일이었으니까요. 허리 때문에 댄서는 못하지만 그렇게라도 그 언저리에 있고 싶었던 것 같아요.

그런데 제 고향 광주에서 매니저를 하기란 어려운 일이었지요. 마침 배우 임현식 선생님께서 아버지의 친구 분이셨어요. 그래서 선생님께 매니저가 되려면 어떻게 해야 하는지 전화를 드려 여쭈어보았어요. 그랬더니

Mr. Lee 1 | 캔버스에 혼합매체 | 53×45.5cm | 2009

마침 매니저가 필요한 상황인데 당신께 와서 배워보지 않겠느냐고 하셨어요. 그때가 2003년 겨울이었지요. 선생님께서 〈대장금〉에 출연하실 때였는데 그날로 바로 서울로 올라갔습니다. 그렇게 임현식 선생님의 매니저로 일하게 되었어요.

그렇지만 현장에서 제가 해야 할 일이 별로 없었어요. 연세가 있고 오래 활동하신 분이기 때문에 모든 스태프가 잘 대해주었거든요. 스케줄 조정도 선생님께서 한마디 하시면 되었기 때문에 매니저일이 아주 쉬운 줄 알았지요. 저는 그때 선생님을 모시고 운전만 하고 다녔답니다.

그러던 어느 날 〈대장금〉 촬영중 쉬는 시간이었어요. 선생님께서 사람들에게 물어보셨지요. 여기서 제일 유능한 매니저가 누구냐고요. 그러자 사람들이 하나같이 지금의 나병준 대표님을 말씀하셨지요. 그 당시 나병준 대표님은 지진희 형의 현장 매니저일을 하고 있었거든요. 대표님이 그러더군요. 임현식 선생님의 매니저일이 끝나면 싸이더스에 오라고요. 그래서 임현식 선생님을 떠나 김성수 형의 매니저가 되었습니다. 스케줄을 조정하는 일이 얼마나 어려운지 그때서야 알게 되었어요. 드라마와 영화의 대본도 받아오고 형과 함께 현장에도 나갔지요. 그러다가 바로 지금의 하정우 형을 만나게 된 거예요.

이것은 야생이, 나의 매니저 상훈이의 이야기이다. 장난으로 야생이라 부르는데 이야기한 그대로 참 명랑하고 선량한 친구이다. 함께 있으면 사람에게도 향기가 느껴진다는 것을 이 친구 덕분에 알게 되었다. 사려 깊고 편안한 성격의 상훈이, 내게는 더없이 소중한 친구이다.

상훈이는 드라마 〈프라하의 연인〉(2005)을 찍을 때 처음 만났다. 절묘하게도 상훈이를 만난 다음부터 일이 잘 풀리기 시작했다. 내 인지도도 점점 높아지고 영화 쪽으로도 좋은 작품들을 만날 수 있었다. 그래서일까. 내 그림에는 특정한 모델이 없는 경우가 대부분인데 상훈이는 드물게도 내 그림에 세 번이나 등장한다.

먼저 두 편의 〈미스터 리Mr. Lee〉가 바로 상훈이를 모델로 그린 그림이다. '미스터 리'는 상훈이를 지칭하기도 하고 발음 그대로 '미스터리Mystery'를 의미하기도 한다. 상훈이를 만난 다음부터 내게 좋은 일이 많이 생겨서 그렇게 중의적으로 이름을 붙여본 것이다. '미스터 리'를 만나면서부터 '미스터리'하게도 좋은 일들이 생기기 시작했다는 말이다.

물론 사실적으로 상훈이를 묘사한 그림은 아니다. 또 꼭 상훈이를 그린 것으로만 바라볼 필요도 없다. 상훈이가 내게 준 어떤 느낌들을 표현했다고 보면 더 정확할 것이다. 상훈이의 헤어스타일만큼은 분명하게 표현되어 있지만 그림 속의 남자는 미스터리한 인물일 뿐 실제 상훈이는 아니다.

〈미스터 리 1〉(129쪽)에서는 머리 위로 과일을 잔뜩 들고 물을 건너오는 한 남자를 그렸다. 상훈이가 저 과일들처럼 풍요로운 행운을 내게 가져다주었다는 의미일까? 그 의미는 보는 사람에 따라 다를 것이

Mr. Lee 2 | 캔버스에 혼합매체 | 91×72.7cm | 2009

다. 다만 그림 속에 상훈이의 독특한 헤어스타일이 살아 있는 것만은 틀림없다. 〈미스터 리 2〉(132쪽)야말로 진정 미스터리한 느낌이 들 것이다. 아마도 빨간색의 왼손과 흰색의 오른손 그리고 공중에서 내려오는 듯한 인물의 포즈 때문에 더욱더 그럴 것이다. 언젠가 유연하게 춤을 추며 댄서를 꿈꾸던 상훈이의 모습일까? 그건 나도 모르겠다. 상훈이를 모델로 그린 또 한 작품은 최근에 작업한 광대 연작 중 하나인 〈아이 돈 노 후 아이 엠〉(56쪽)이다. 상훈이의 '미스터리'함을 십분 활용했다고나 할까.

상훈이를 만난 지도 벌써 6년이 다 되어간다. 댄서의 꿈을 접어야 했던 그날 상훈이는 무슨 생각을 했을까? 누구보다 성실하게 활동하고, 만나고 나면 기분이 유쾌해지는 나의 매니저 상훈이. 요즘 상훈이는 또다른 꿈을 꾸고 있단다. 그 꿈이 무엇인지는 비밀이라며 말해주지 않지만 언젠가 상훈이는 그 꿈을 꼭 이룰 것 같다. 미스터리한 야생아, 나에게 와줘서 고맙다. 우리 더 즐겁게 일하자.

05 장 뒤 뷔 페

뒤뷔페의 그림은 친근했다. 나와 닮았다고 생각했다. 드로잉의 자유로움과 유머러스함이 느껴졌기 때문이다. 게다가 그는 정규 미술교육을 거의 받지 않았고 마흔 살이 되어서야 예술가의 길에 뛰어들었다. 그런 점이 지금 이 길을 걷고 있는 내게 자신감을 주기도 했다.

처음 이 그림을 보았을 때 나를 사로잡은 것은 자유로운 형태였다. 음악의 리듬감이 느껴질 만큼 동적이었다. 빨간색, 파란색, 검은색, 흰색만으로 이토록 화려한 인상을 만들어내고 있다는 점 또한 놀라웠다. 형태와 색채에 감동한 다음에야 얼굴을 닮은 형상들이 보였다. 퍼즐 조각 같기도 한 이 얼굴들은 주변 풍경과 뒤섞여 잘 구분이 되지 않는다. 입을 벌린 얼굴들은 무언가를 외치는 것처럼 보인다. 어쩌면 '우를루프'라고 말하는 중인지도 모른다.

연작의 제목인 '우를루프'는 뒤뷔페가 만들어낸 말이라고 한다. 아무 의미도 없지만 사람들은 늑대의 울음소리처럼 야생성을 상징하는 것이라 해석한다. 이 연작이 야생의 자유분방함을 보여주기 때문일까? 자신의 조건을 한계로 여기지 않고 오히려 개성적인 작품 세계를 개척해 나간 그의 태도를 닮고 싶다.

장 뒤뷔페 Jean Dubuffet_1901~1985

프랑스의 화가. 부유한 포도주 상인의 아들로 태어났다. 미술학교에 입학한 지 6개월 만에 자퇴하고 독학했다. 21세에 제대한 후 예술은 평범한 삶 속에 있다고 여기고 영업사원이 된다. 29세에 다시 그림을 그리기로 결심하고 부인과 이혼했지만 또다시 그림을 포기한다. 마침내 40세에 아버지가 물려준 사업을 매각하고 본격적인 예술활동에 뛰어든다. 전통과 아카데미즘을 거부하고 개성적인 그림 세계를 펼쳤다.

Site à L'oiseau | 캔버스에 비닐수지 | 195×130cm | 1974

06 레오나르도다빈치

처음에는 '모나리자'가 미인이라고 말하는 사람들을 이해할 수 없었다. 아무리 들여다봐도 무감했다. 그녀는 단지 그림 속의 여자, 예쁘지도 못생기지도 않은 평범한 여자일 뿐이었다.

어느 날 바스키아의 화집에서 레오나르도 다빈치의 〈모나리자〉를 자신만의 스타일로 바꿔서 표현한 그림을 보게 되었다. 배경에는 바스키아 특유의 낙서가 가득하고 모나리자는 꼭 험상궂은 남자의 얼굴처럼 뭉개져 있었다. 그의 작업에 흥미를 느낀 나는 곧바로 연습장에 다빈치의 〈모나리자〉를 따라 그리기 시작했다(18쪽 그림).

그런데 정말 이상하지 않은가. 보면 볼수록 그녀의 눈빛이 묘하게 느껴지는 것이다. 꼭 살아 있는 사람의 변화무쌍한 눈빛처럼 생동감이 있었다. 마치 나를 유혹하고 있는 것 같았다. 그 순간 드로잉을 멈추고 넋을 잃은 채 그녀의 얼굴을 한참 동안 바라보았다. 그때 깨달았다. 모나리자는 정말 '섹시'한 여자구나.

모나리자의 두꺼운 쌍꺼풀이 만들어내는 음영이 매혹적이다. 양쪽의 눈초리가 만들어내는 곡선이 사랑스럽다. 옅은 갈색 눈동자가 꼭 내 눈을 바라보고 있는 것처럼 신비롭다…… 아니, 이런 이유는 너무나 설명적이다. 그저 이 한마디면 충분할 것이다. 모나리자는 정말 섹시하다!

레오나르도 다빈치 Leonardo da Vinci_1452~1519
르네상스 시대의 이탈리아 화가로 건축·토목·조각·수학·과학·음악에 걸쳐 두루 재능을 보였다. 15세기 르네상스 화가들의 표현 기법을 종합하여 명암을 통해 입체감과 공간감을 표현해내는 데 성공했다. 말년에는 인체해부도를 남겨 의학의 발전에도 큰 영향을 주었다. 대표작으로 〈최후의 만찬〉 〈모나리자〉 〈암굴의 성모〉 등이 있다.

Mona Lisa | 패널에 유채 | 77×53cm | 1503~1506

07 베르나르 뷔페

뷔페는 피카소나 루오 못지않게 광대의 모습을 많이 남긴 화가이다. 동료 광대와 함께 무대 위에서 연기를 펼치거나 줄 위에서 곡예를 하는 광대를 묘사한 그림을 보면 다른 화가의 작품에서는 찾아보기 힘든 기괴함과 잔혹함이 느껴진다. 아마 광대의 모습이 특유의 거친 선으로 표현되었기 때문일 것이다.

하지만 내 마음을 잡아끈 광대 그림은 조금 다른 풍으로 그려졌다. 이 그림을 처음 보았을 때 자연스레 로버트 다우니 주니어가 연기한 채플린이 떠올랐다. 눈썹과 코 등에 일부만 남은 분장을 보니 채플린의 얼굴에서 느꼈던 서글픔이 다시 한번 고개를 내밀었다. 광대의 맨 얼굴은 운명을 거부할 수 없는 존재의 슬픔을 보여주는 것 같다.

뷔페는 지나치게 다작을 한다는 이유로 일부 평론가에게 혹평을 받았다고 한다. 그들에게는 뷔페의 작품활동이 공장에서 상품을 생산하는 것처럼 보였던 모양이다. 하지만 나는 그가 매우 성실하고 열정적인 화가였음을 확신한다. 그 많은 그림이 하나같이 가슴을 찌르는 고통과 슬픔을 안겨주기 때문이다.

그는 말년에 파킨슨병을 앓아 그림을 그리지 못하게 되었다. 마치 분장을 완전히 지워버린 광대처럼 그는 쓸쓸했을 것이다. 그가 왜 자살을 선택할 수밖에 없었는지 다 알 수는 없지만 그의 마음을 조금은 짐작할 수 있다.

베르나르 뷔페 Bernard Buffet_1928~1999

프랑스의 화가. 1944년 프랑스 국립미술학교에 입학하여 회화를 배운 뒤 1946년 화단에 데뷔한다. 독특하고도 사실적인 그림으로 주목받으면서 1948년 20세 되던 해에 프랑스 최고 권위의 비평가상을 수상한다. 현대 회화의 주류인 추상주의에 맞서 구상화에 새로운 영감을 불어넣었다는 평가를 받으며, 1992년 프랑스 미술잡지 『보자르Beaux-arts』 100호 기념 여론조사에서 앤디 워홀을 앞서는 위대한 작가로 선정될 만큼 천재성을 인정받았다. 1999년 자살로 생을 마감했다.

Tête de Clown | 캔버스에 유채 | 73×60cm | 1955

어느
멋진 하루

이건 스케줄이 없을 때 저의 하루예요. 텅 비어 있지만 이상하게도 분주하죠. 이 '멋진 하루'를 롱테이크long take로 한번 찍어보고 싶어요. 생활소음이 다 들리도록 배경음악은 전혀 깔지 않고 아주 자연스럽게 말예요.

먼저 아침에 일어나자마자 물을 세 잔 마십니다. 아침에 물을 섭취하면 몸에 좋다고 해서요. 눈은 아직 반쯤 감긴 채로 아무 생각 없이 습관으로 마시는 거예요. 세 잔을 다 마시고 나면 화장실에 들어가서 속을 비워내죠. 장 속에서는 활발한 운동이 일어나고 있지만 그걸 보여주기는 어려우니 카메라는 닫힌 화장실 문 앞에 오래 머물러야겠죠?

이렇게 하고 나면 몸에 약간의 활력이 돌아와요. 그래도 끝까지 남아 있는 잠기운을 쫓기 위해 담배를 한 대 피웁니다. 당연한 사실이지만 담배는 몸에 나쁘죠. 그렇기 때문에 더욱더 철저하게 건강을 관리해요. 아침마다 세 잔씩 물을 마시고 하루에 세 번 이상 운동을 하고…… 그러니까 담배를 피우기 위해 몸을 건강하게 유지하는 거라고나 할까요.

물도 마셨고, 화장실에도 다녀왔고, 담배까지 한 대 피웠으니 이제 본격적인 활동을 시작해야죠. 요즘엔 '프로야구 매니저'라는 게임을 하고 있어요. 선수를 육성하고 구단을 운영하는 게임인데 항상 전체를 아우르고 분위기를 체크하는 제 성격과 잘 맞아요. 선수들의 컨디션을 체크하고 다른 구단의 상황을 파악하고…… 이렇게 아침 시간이 흐르죠.

이제 러닝머신을 뛸 차례예요. 달리기 전에 일단 세팅부터 해두어야 하죠. 오늘은 어떤 프로그램을 보며 달릴지 결정해야 해요. 공중파에서 재미있는 프로그램을 하면 그걸 보면 되지만 그렇지 않을 때에는 50분짜리 다큐멘터리를 내려받아서 봐요. 주로 MBC, KBS, SBS 스페셜 시리즈를 보는데, 하루에 운동을 세 번 정도 하고 그때마다 한 편씩 총 세 편을 보니까 어느 순간 더이상 볼 프로그램이 없는 때가 오죠. 그러면 〈시사매거진 2580〉이나 〈불만제로〉를 봐요.

모두 정확히 50분 코스예요. 프로그램이 끝나면서 동시에 러닝머신

Exercise | 캔버스에 혼합매체 | 117×91cm | 2011

도 딱 맞춰서 멈추죠. 러닝머신 위에서 보는 다큐멘터리들은 영화를 찍을 때 공부가 돼요. 특히 〈인간극장〉 같은 프로그램을 보면 평소에는 상상할 수 없는 놀라운 이야기들이 나오기 때문에 캐릭터와 상황을 이해하는 데 도움이 됩니다. 뛰면서 사람들의 표정이나 말하는 방식을 지켜보면 몸과 정신이 단련되는 것 같아서 아주 만족스러워요.

참, 뛰는 속도는 그날의 컨디션에 따라 달라요. 간혹 몸 상태에 맞지 않게 운동을 하다가 죽었다는 이야기가 뉴스에 나오잖아요. 무리해서 달리는 게 위험할 수도 있다고 해서 웜업warm up으로 천천히 걷는 것부터 시작합니다. 그리고 〈SBS 스페셜〉에서 맨발로 걷는 게 좋다는 말을 들은 다음부터는 운동화를 신지 않고 러닝머신에 올라요. 물론 발의 상태를 꼼꼼히 확인해야죠! 좀 부었다거나 물집이 잡혀 있다면 그날은 운동화를 신어야 해요.

운동도 했겠다, 이제 배가 고파질 시간. 믿기 어렵겠지만 찌개랑 국을 손수 끓여 먹어요. 한식의 기본은 육수, 저는 육수를 만드는 일에 가장 자신이 있어요. 그만큼 노련한 살림꾼이라는 거죠. 물론 집안일을 도와주시는 아주머니께서 밥을 챙겨주실 때도 있어요. 일주일에 두 번 정도 오시는데 하얼빈 분이라서 중국 스타일의 계란볶음이나 감자조림을 잘 만들어주세요. 기름진 맛이 생각날 때에는 아주머니께 '하얼빈식 볶음밥'을 만들어달라고 하지만 대개는 혼자 차려서 먹어요.

배가 부르니 이제 가만히 앉아서 좀 쉬면 좋겠는데…… 하지만 그냥 흘려보내는 시간은 없습니다. 강박적일 만큼 붕 뜨는 시간을 싫어하기 때문이에요. 어느 정도로 싫어하냐면 텔레비전도 그냥 앉아서 보지 못할 정도로요. 그렇게 무의미하게 시간을 보내는 걸 견딜 수가 없어요. 그래서 밥을 먹고 두번째 운동에 들어가기 전, 바로 이 시간에 그림을 그립니다.

이쯤에서 필름을 갈아 끼울까요? 스케줄이 없는 하루인데도 저는 계속 움직여요.

그림을 그릴 때에는 캔버스를 여러 개 함께 세워놓고 동시에 작업해요. 한 작품에 아크릴 물감을 칠해놓으면 그게 다 마를 때까지는 손을 댈 수 없잖아요. 그렇다고 마냥 기다릴 수는 없으니까 다른 캔버스 앞으로 가서 또다른 그림을 그려요. 첫번째 그림에 칠한 물감이 마를 때까지 기다리면서 두번째 그림을 칠하고 두번째 그림이 마를 때까지 기다리면서 세번째 그림으로 넘어가…… 물론 펜으로 작업할 때도 있죠. 캔버스에 바짝 붙어서 정교하게 그려넣어야 하는 작업이기 때문에 조금만 해도 목이 무척 뻐근해져요.

이렇게 그림을 그리다보면 오늘 작업이 좀 되는구나, 싶은 날이 있거든요. 그러면 다른 일은 하지 않고 밤까지 계속 그림만 그려요. 그게 아니라 오늘은 여기까지 해야겠다, 싶은 느낌이 오면 또다시 러닝머신을 뛰고요.

Production 2 | 캔버스에 혼합매체 | 90.5×72.5cm | 2010

King | 캔버스에 아크릴릭 | 72.5×60.5cm | 2010

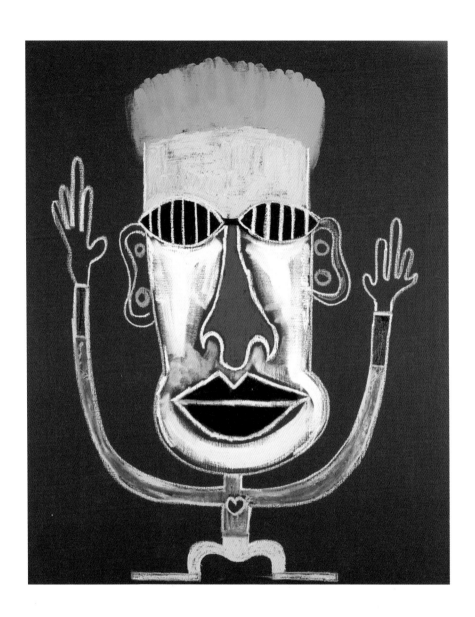

Ray Charles | 캔버스에 혼합매체 | 91×72.5cm | 2011

뛰기 전에 먼저 발바닥 상태를 확인해봐야죠. 오전에 이미 맨발로 뛰었으니 혹시 무리가 갔을 수도 있으니까요. 컨디션이 괜찮으면 한 번 더 맨발로 뛰고요. 그러면서 전화 업무를 봐요. 영화일 때문에 통화를 하기도 하고 텔레뱅킹으로 은행일을 보기도 하죠.

그렇게 또 뛰고 난 다음에는 아까 그리다 만 그림들을 다시 그리죠. 그러면서 커피도 내려 마시고 사과도 깎아 먹고…… 그러다가 운동을 한 번 더 해야겠다 싶으면 운동화를 신고 러닝머신 위에 올라가요.

〈멋진 하루〉는 운동-그림-운동-그림-운동으로 채워져요. 스케줄이 없는 하루인데도 저는 계속 움직여요.

간혹 저녁 약속을 잡는 날이면 한 번 더 운동을 하고 나가요. 스케줄이 없는 날이면 세 번에서 네 번 정도는 꼭 운동을 하는 셈인데요, 이렇게 해야 밤새도록 진행되는 촬영에도 몸이 무너지지 않거든요. 불규칙한 스케줄 속에서도 체력을 유지할 수 있는 방법이에요.

대개 친구들이 운영하는 술집 '신사동 588번지'에서 모여요. 이 가게 안에는 제가 찍은 인물사진과 제가 그린 그림 들이 걸려 있죠. 또 늘 제가 좋아하는 노래가 나오는데 친구들이 처음 술집을 열었을 때 직접 선곡해줬던 곡들이에요.

약속 두 개를 모두 이 가게에서 잡는데, 이렇게 하면 한 번에 두 약속을 모두 지킬 수 있어요. 한쪽 테이블에서 이 친구랑 이야기를 하다

가 다른 쪽 테이블로 건너가서 또다른 친구랑 이야기를 하고…… 그
렇게 왔다 갔다 하면서 평소에 만나지 못했던 친구들을 보는 거죠. 또
서로 모르는 친구들도 저 때문에 점점 얼굴을 익히게 되거든요. 그러
면 다 함께 자리를 옮겨 2차를 가죠.

그렇다고 오래도록 밤을 새워가며 술을 마시는 건 아니에요. 보통
술을 마시면 세 시간 안쪽으로 끝내려고 해요. 밤 12시에서 1시에는
반드시 집에 들어가야 하거든요. 친구들은 신데렐라 콤플렉스라고 놀
리지만 어쨌거나 그 안에는 집에 들어와서 잠을 자야 해요. 그제야 하
루가 마무리되죠.

이게 스케줄이 없을 때 저의 하루예요. 텅 비어 있는 하루이지만 저
는 잠시도 쉬지 않고 계속해서 움직입니다. 〈멋진 하루〉 안에는 배우
하정우가 아니라 그림을 그리고 운동을 하고 친구들을 만나는 김성훈
이 들어 있어요. 이 긴 하루 덕분에 저는 균형을 유지하며 살아갑니다.
이상 김성훈의 하루였습니다.

뉴욕,
뉴욕!

피카소의 '청색시대'에 대해 들어본 적이 있다. 청색시대는 그의 예술에서 첫번째 시기에 해당하는데 주로 검푸른색을 많이 사용하여 이런 이름이 붙었다고 한다. 〈다림질하는 여인〉〈맹인의 식사〉〈압생트를 마시는 사람〉 등을 보면 가난하고 소외된 파리 사람들의 모습이 암울하게 표현되어 있다. 그 당시 피카소의 우울한 심리 상태가 반영된 것이라 한다.

하지만 피카소처럼 예술적으로 건강한 사람은 계속해서 우울한 상태에 머물지는 않는 것 같다. 피카소는 이 시기를 극복하고 황토색과 연한 장밋빛을 사용하는 '장밋빛시대'로 진입한다. 도시의 가난한 사람들을 비참하게 표현하는 것을 넘어서 그는 이제 곡예사와 어릿광대들을 아름다운 색감으로 표현하기 시작한다. 〈광대〉〈곡예사 가족〉 등의 작품을 보면 가난 속에도 아름다움이 깃들 수 있음을 느끼게 된다. 아마 피카소는 우울을 겪으면서 한 단계 성숙할 수 있었을 것이다.

나에게도 피카소처럼 청색시대와 장밋빛시대가 있다. 하지만 그 순서는 달라서 내게는 아름다운 장밋빛시대가 먼저 있었다. 바로 어린 시절부터 대학교 1학년 여름까지가 장밋빛시대에 해당한다. 하지만 이 시기는 장미처럼 여리고 부드러운 색깔이라기보다는 파란색에 가까웠다고 할 수 있다. 다만 피카소의 검푸른색이 아니라 여름날 구름 한 점 없는 하늘처럼 새파란색이었다. 이 시기를 피카소와는 다른 의미로 '청색시대'라고 부르고 싶다.

이 청색시대가 끝난 것은 스무 살 여름이었다. 서서히 변화했던 것이 아니라 그래프가 꺾이듯 힘겨운 시간이 들이닥쳤다. 스무 살부터 스물일곱 살까지, 잃어버린 7년이었다. 이 시기를 '회색시대'라고 부르고 싶다. 새파란 하늘이 금세 먹구름 낀 하늘로 바뀌는 것처럼 갑작스럽게 찾아왔기 때문이다.

나의 '청색시대'와 '회색시대'에 대한 이야기를 해보고 싶다. 우선 청색시대부터 시작해볼까.

어렸을 때 나는 심하게 내성적인 편이어서 학교에 가면 발표도 못할 만큼 부끄러움을 많이 탔다. 그런데도 지루한 것을 몹시 싫어해서 맨 뒤에 앉아서 항상 장난을 치고는 했다. 잠도 별로 없어서 가족들과 밤늦도록 텔레비전을 보았다. 부모님이 공부를 하라고 잔소리를 하거나 억지로 학원에 보내는 스타일이 아니어서 자유로운 유년 시절을 보냈던 것 같다. 그런데도 재미있는 것은, 승부욕이 강해서 공부는 또 열심히 했다는 사실이다. 비록 시험을 보면 쉰 개씩 틀리는 형편없는 성적을 받았지만 말이다.

방학이 되면 늘 어머니의 고향인 속초에 갔다. 어른들의 어린 시절 무용담에 꼭 빠지지 않는 이야기가 '서리'인데 내가 딱 그렇게 놀았다. 속초의 친구들과 참외 서리, 옥수수 서리를 한 다음에 어른들에게 들키지 않으려고 도망 다니면서 정말 시골 아이처럼 지냈다. 도시에 사는 아이가 머리에 이가 생기는 경우는 드물지 않나. 그런데도 나는 그 당시에 이가 생겨서 자주 참빗으로 서캐를 골라내고는 했다. 홍일기라고, 지금도 이름이 생생한 그 형한테 옮은 이였다.

주야장천 밖에서 뛰어놀았으니 성적이 좋을 리가 없다. 중학교 2학년이 되어서야 이를 악물고 공부를 하기 시작했다. 한 선생님께서 "너는 아버지가 배우니까 더 열심히 공부를 해야 하는 거 아니냐" 하셨던 것이 계기가 되었다. 학창 시절에는 모든 것이 성적으로 평가되지 않는가. 그래서 성적이 좋지 않은 나는 자유로울 수가 없었다. 그것을 견디기가 너무나 어려웠다. 그래서 30등까지 떨어졌던 성적이 5등으로 오를 만큼 열심히 공부했다. 오해는 마시라, 반 등수이다.

고등학교 때에는 성적이 다시 곤두박질쳤다. 수학이 내게는 아무리

I Was Born in 1978
패널에 혼합매체
110×41cm | 2011

해도 풀리지 않는 난제였던 것이다. 어딘가 나사 하나가 빠진 것처럼, 열심히 문제를 풀어도 이해가 안 됐다. 하지만 선도부장과 신문반 편집국장을 할 만큼 학교생활은 열심히 했다. 지금도 그런지 모르겠지만 당시에 선도부장이나 신문반은 모범생의 전유물이었다. 비록 농구에 빠져서 신문반을 탈퇴하기는 했지만…… 고등학교 2학년 때의 일이다. 그때 편집국장을 맡고 있었는데 게토레이배 길거리 농구대회에 나가고 싶었다. 그런데 신문반의 3학년 선배가 죽어라 안 된다는 거다. 정 나갈 거면 신문반을 관두라고 해서, 그렇게 했다. 그러니까 나는 하고 싶은 것은 무조건 해야만 하는 그런 놈이었다.

농구에 미쳐 있던 놈이었으니 수능을 잘 볼 리가 없었다. 수능 직전에는 그래도 열심히 한다고 족집게 과외를 비롯해 전 과목 과외까지 받았는데 말이다. 그때 얼마나 부끄러웠던지. 배우가 되고 싶은 마음이 가득했지만 수능을 망치는 바람에 집에 말할 용기가 나지 않았다. 사람들이 배우는 공부 못하고 끼를 부리는 애들이나 하는 거라고 생각하는 게 싫었다. 그래서 원래 계획은 일반 대학에 진학해 탤런트 시험을 보는 거였다. 그랬는데 막상 수능을 망치고 나니 당당하게 연극영화과에 가고 싶다고 밝힐 수가 없었다. 3일 동안 집에 들어가지 않았다.

그런데 우리 어머니는 내게 전화도 하지 않으셨다. 걱정하고 계실까봐 죄송한 마음에 3일째 되던 밤에 전화를 드리니 "무슨 말인 줄 알겠어. 그러니까 그만 방황하고 들어와라" 하셨다. 우리 어머니는 다른 친구들 어머니처럼 자식 걱정에 끙끙 앓는 분이 아니셨다. 집에 들어

Untitled ㅣ 캔버스에 아크릴릭 ㅣ 53×45.5cm ㅣ 2008

간 바로 다음 날, 어머니는 나를 데리고 매니지먼트 회사에서 운영하는 학원에 가셨다. 입시 연기 학원도 아니고 일반 배우들이 연기 연습을 하는 곳에 나를 넣어주신 것이다.

처음에는 연기도 안 가르쳐주고 소리 내고 움직이는 것만 시키더니 상황극 과제를 하나 줬다. 몸을 쓸 수 없는 뇌성마비 장애자가 꿈에서 정상인으로 돌아와 기뻐하는 상황을 표현하라는 과제였다. 지금 생각하면 굉장히 작위적으로 연기했던 것 같은데 사람들이 놀라워하고 칭찬을 많이 해줬다. 아마 표현력보다는 집중력에 놀랐던 것 같다.

그렇게 해서 1997년 중앙대 연극영화과에 입학하게 된다. 얼마나 기대가 컸겠나. 연극영화과이니 멋지고 아름다운 사람들만 모여 있겠거니 상상하면서 말이다. 그런데 이게 웬일인가. 입학 전에 학생회 선배들과 상견례를 하려고 모였는데…… 남자들은 말할 것도 없고 여자들까지 너무 험하게 생겨서 잘못 왔나 싶었다. 그래도 첫날이라 분위기는 좋았다. 선배들은 우리 과야말로 전통과 역사가 있는 곳이라며 재미있게 지내보자고 했다.

그런데 그건 페이크였다. 1박 2일로 안성에서 연기 연습하는 선배들을 만나러 가는 프로그램이 있었다. 아, 지금도 아찔하다. 연극 연습하는 분위기가 장난이 아니었던 것이다. 내가 상상했던 자유롭고 정다운 분위기가 아니었다. 연습실에서는 앉지도 못하고 다짜고짜 두 시간 가까이 트레이닝을 해야 했다. 그때부터 시작이었다. 입학과 동시에 시작되는 춘계연극제는 아무도 절대로 빠질 수 없었다. 빠지면 무시무시한 응징이 기다리고 있었다. 내가 만약 무단결석을 하면 내 동기들이 시달림을 당하는 거다. 그러니 동기들끼리 감시가 시작된다. "너 지금 어디야." 이게 우리들의 첫인사였다.

빠져나갈 수 있는 유일한 방법은 자퇴밖에 없었다. 1학년은 휴학도 불가능했다. 대체 무슨 연극이 이렇게 많고 행사도 얼마나 많은지 아무것도 할 수가 없었다. 게다가 1학년은 돌아가면서 연습실과 분장실을 아침 강의가 시작되기 전인 7시 30분까지 청소해두어야 했다. 강의는 절대 빠질 수 없다. 물론 교수님이 강압적인 게 아니라 학생회 차원에서 못 빠지게 했다. 왜? 배워야 하니까. 강의가 끝나면 밤에 연습실에 들어가서 선배들을 도와줘야 했다.

그러던 어느 날 최치림 교수님의 호출이 왔다. 무시무시한 1학기를 무사히 넘기고 여름방학이 시작되려던 때였다. 교수님을 찾아뵈니 나 말고 세 친구가 더 있었다. 교수님 말씀이 프로그램을 짜줄 테니까 방학 동안 뉴욕에서 공부를 하고 오라는 것이다. 오전에는 어학연수를 받고, 오후에는 필름 아카데미에서 워크숍에 참여하는 일정이었다. 오해는 말기를. 비용은 각자 부담이었다. 눈앞이 밝아지는 것 같았다. 내 생애 처음으로 미국에 가는 거였다. 게다가 이 컴컴한 동굴 같은 곳을 빠져나갈 수 있다니! 자유를 마음껏 누리다가 오리라!

비행기 안에서는 설렘에 어쩔 줄 몰랐다. 어머니는 큰아들이 학과

Window ㅣ 캔버스에 아크릴릭 ㅣ 146×112cm ㅣ 2009

에서 뽑혀 미국에 공부하러 간다고 두둑한 용돈과 카드까지 건네주셨다. 스무 살 청년에게 그보다 더 행복한 순간이 있을까? 미국에 도착하면 뛰어다닐 일만 남았다. 황금빛의 뉴욕! 내게 비행기 안에서의 시간과 뉴욕에 도착해서 펼쳐진 삶은 정말 황금빛이었다.

한국에서 전화 한 통이 걸려오기 전까지는……

회색시대

　모든 일에는 징조가 있게 마련이다. 하지만 내 경우엔 없었다. 아니다. 어쩌면 스무 살의 눈에는 그런 어두운 기미가 들어오지 않았을지도 모른다. 그 전화가 걸려오기 전까지 나는 아무것도 눈치채지 못했다.

　비행기 안에서 맨해튼 전경을 내려다봤을 때 큰 꿈을 하나 꾸었다. 언젠가 훌륭한 배우가 되어서 다시 여기로 오리라. 뉴욕에 도착해서는 달콤하고 낭만적인 분위기에 휩싸인 채 생활했다. 별로 오래 살지도 않은, 고작 스무 살 청년이 '이게 행복인가?' 하는 생각이 들 만큼 들떠 있었다. 도시의 기운에 흠뻑 빠져서 지하철도 타지 않고 걸어다녔다. 이곳의 기운을 하나하나 흡수하고 싶었다. 그렇게 단 한 풍경도 놓치고 싶지 않았다.

그러던 어느 날 기숙사로 전화가 한 통 걸려왔다. 동생이었다. "형이 한국으로 빨리 돌아와야 할 것 같아, 엄마가 사라졌어." 그동안 어머니의 사업이 어려웠는데 숨겨온 모양이다. 그래서 남은 건 집과 차뿐, 그 풍요롭고 풍성하던 모든 것이 하루아침에 증발해버린 것이다. 믿을 수 없었다. 일단 빨리 한국으로 돌아가야 한다는 생각뿐이었다.

추락하는 기분을 느껴본 적이 있는지. 그때 그랬다. 한없이 높은 꿈을 꾸고 행복의 절정에서 뛰어놀던 아이가 갑자기 바닥으로 내동댕이쳐진 것이다. 한국으로 돌아가는 비행기 안에서, 두려움과 좌절의 한가운데에서도 스멀스멀 승부욕이 기어나왔다.

'다시 일어나서, 다시 오리라. 꼭 다시 돌아와서 영화를 찍으리라.'

이제 청색시대는 가고 회색시대가 시작되었다. 1997년부터 2004년까지, 연기학원에서 강사로 일하면서 돈을 벌고 군대에 다녀오고 학교를 졸업하고…… 마음의 여유란 조금도 느껴보지 못한 채 20대의 절반을 보냈다. 아버지께서는 집을 찾기 위해 한 번에 네다섯 작품씩 찍어가면서 분투하셨다. 단 한 번도 내색하지 않으셨지만 지금 와서 생각해보면 그 속마음이 어떠셨을까. 배우이기 때문에 밖으로 드러내지도 못하시고 집안의 가장이라 우리에게 약한 모습을 보이실 수도 없었다. 얼마나 힘들고 외로운 시간을 보내셨을지 생각하면 마음이 저려온다.

Time Out | 캔버스에 아크릴릭 | 22×33.3cm | 2007

7년 동안은 늘 전쟁이었다. 살기 위한 발버둥이었다. 그래도 무슨 배짱인지 이 모든 상황이 결국엔 다 내가 성장하는 밑거름이 되고 있으리라 여겼다. 연기를 잘하는 배우가 될 수 있으리라 흔들림 없이 믿었고, 그래서 버텼다.

· 큰 집에 살다가 작은 집으로 옮겼을 때는 내 방조차 없었다. 그리고 우리 집은 옷으로 가득 찼다. 아버지의 옷이 너무 많아서 온 집이 다 옷장이었던 것이다. 심지어 베란다까지 옷으로 가득했다. 한번은 소고기가 너무 먹고 싶었는데 차마 말을 꺼낼 수가 없었다. 그럼에도 아버지는 돈이 생기면 우리를 데리고 옷을 사러 가셨다. 너희는 배우라고, 배우이니 잘 못 먹더라도 입성은 갖춰야 한다고. 그렇게 철저하고 투철하신 분이었다.

돈이 없으니 갈 곳이 없었다. 늘 학교 연습실에 있었다. 이 힘든 마음을 풀 수 있는 길은 오로지 연기를 하는 것뿐이었다. 그래서 나를 보러 온 사람들에게 인정받고 이를 통해 작은 위로를 얻는 것이 전부였다. 하지만 단 한 번도 흔들린 적은 없다. 마음에 여유가 사라질수록 더 확고해졌다. 그것도 승부욕의 일종이었을까. 내가 배우가 되려고 이런 시기를 거치는구나, 지금 이렇게 무엇인가 되어가고 있구나, 생각했다.

물론 그 사이사이에 지루할 만큼 길었던 좌절과 아픔이 없었다면 거짓말일 것이다. 하지만 그 모든 것을 아버지를 보며 이겨낼 수 있었다. 아버지야말로 어마어마했다. 밖에는 조금도 내색하지 않고 이 상황을 견디셨다는 생각을 하면 마음이 숙연해진다. 거실에서 텔레비전을 보다가 문득 아버지가 계신 안방을 바라볼 때가 있었다. 방문이 닫혀 있음에도 나는 분명히 느낄 수가 있었다. 맹수가 으르렁거리는 느낌, 호랑이 같은 동물이 어떻게 해서든 살려고 기를 쓰는 느낌을……

그러다가 우리는 드디어 작은 집을 팔고 일산의 좀더 큰 집으로 이사를 가게 된다. 아버지 말씀이 잠원동을 벗어나야겠다는 것이다. 외곽이지만 더 넓은 집으로 가자고. 그렇게 일산에서 새 출발을 하게 되었다. 정확히 2003년 7월이었다. 고향과도 같은 잠원동을 떠나니 답답해서 미칠 지경이었다. 세 살 때부터 지금까지 살아온 곳, 친구들도 있고 자주 가던 슈퍼마켓에서 구두 수선집까지 다 있는 곳인데 말이다.

결국 나는 출퇴근을 하듯이 아침이면 나갔다가 밤이 되어서야 돌아왔다. 오며가며 한 시간씩, 그때 음악을 들으며 기도했다. 3년 동안 그렇게 했다. 그때 들었던 음악과, 다짐과 기도 들이 얼마나 큰 힘이 되어주었는지 이제 알겠다. 아침에 나와서 운동을 하고 피아노를 배우고 오디션 정보가 없는지 찾아다니며 계속 준비하는 삶을 살았다. 차 안에서 책을 보기도 하고 사람들을 만나 이야기도 나누면서, 그렇게 사회에 적응해 나갔다.

2005년 〈프라하의 연인〉을 찍게 되었다. 회색시대에서 조금씩 벗어나는 중이었다. 서울에서 촬영을 해야 했으니 일산에서 나와 사촌누나

Bull | 캔버스에 아크릴릭 | 91×72.7cm | 2009

집에 얹혀살게 되었다. 조카들과 함께 방을 썼는데 촬영을 마치고 돌아오면 혼자 감상에 젖어 헤드폰을 끼고 〈월광 소나타〉를 치고는 했다.

〈프라하의 연인〉〈용서받지 못한 자〉〈시간〉, 그렇게 점차 나를 알리고 입지를 다지는 시간이 흘러갔다. 문득 생각했다. 이제 미국에 가야겠다고. 그동안 잘 버틴 나 자신에게 선물을 해야겠다고. 이렇게 떠난 미국행이 앞서 말한 굴욕의 입국심사를 거친 그 미국행이다(「화가놀이 하고 있어」, 8쪽). 혼자 애틀랜타, 뉴욕, 필라델피아, 탬파베이 등을 현지인처럼 다녔다. 한국으로 돌아오는 비행기 안에서 또다시 생각했다. 20대, 수고했다. 이제 진짜 시작이다.

운명을 믿지 않는다. 다만 열심히 꿈을 꾸면 언젠가 그 꿈이 내 곁으로 오는 것일 뿐이다. 하지만 멀리서 삶을 바라보면 모든 삶의 과정이 마치 누군가의 시험, 또 은총처럼 생각될 때가 있다. 동생의 전화를 받고 한국으로 돌아오는 비행기 안에서 언젠가 영화를 찍으러 뉴욕에 다시 오리라 다짐했을 때는 미처 몰랐다. 정말 내가 뉴욕에 영화를 찍으러 가게 될 줄은. 하지만 2006년 〈두번째 사랑〉을 찍으러 뉴욕에 가게 되었다. 열심히 꿈을 꾸었고 그래서 그 꿈이 내게 와준 것이다.

1997년에 나를 뉴욕으로 보내주셨던 최치림 교수님을 그곳에서 뵙게 되었다. 댁이 뉴욕이라 방학 동안 한국을 떠나 뉴욕에 와 계신 참이었다. 뉴욕의 스타벅스에서 교수님을 뵈었다. 졸업해서 학교를 떠난

Production 3 | 캔버스에 혼합매체 | 130×161.5cm | 2010

지 2년 만이었다. 교수님은 내게 이런 말씀을 해주셨다.

"나는 네가 좋은 배우가 될 거라는 걸 언제나 믿어 의심치 않았다. 그리고 우리가 언제 또 이렇게 만나겠니. 시간이 없다. 내가 뉴욕에 있는 동안 너를 만나서 강의를 해주겠다."

그렇게 교수님은 한국에서처럼 뉴욕에서도 내게 열정적인 강의를 해주셨다. 그때 말씀해주신 두 가지는 언제나 내 마음속에 남아 있다. 먼저 소통. 사람들과 소통하는 일의 중요성을 잊지 말라는 말씀, 자신이 가장 뛰어나다는 착각에 빠지지 말고 끊임없이 대화하고 그 속에서 배워가라는 말씀이었다. 다른 하나는 바로 무표정의 힘이다. 배우에게 가장 강력한 표정은 분노나 절망을 표현하는 것이 아니라 무표정이라고. 그 무표정에서 나오는 힘을 잊지 말라는 말씀이었다.

내 청색시대와 회색시대는 모두 막을 내렸다. 지금 나는 어떤 시기를 살아가고 있는 걸까. 피카소처럼 장밋빛시대일까. 시련과 우울을 이겨내고 성숙한 아름다움을 발견한 시기 말이다. 지난 두 시기를 돌아보니 내 곁에는 나를 믿어주었던 좋은 분들이 있었음을 깨닫게 되었다. 무엇보다 나의 아버지, 내가 결코 좌절하지 않도록 당신의 삶으로 보여주신 분. 그리고 최치림 선생님, 내가 꿈을 버릴 수 없도록 확신을 주고 용기를 주었던 분. 그렇게 장난치기 좋아했던 소년은 다행스럽게도 꿈을 잃지 않고 무사히 어른이 될 수 있었던 것이다. 이제 나도 누군가에게 그런 존재가 될 수 있기를. 지난 시간의 내게 잘 살아왔다고, 여기까지 잘 넘어왔다고 인사하고 싶다.

수고했다. 이제 또다른 시작이다.

혼자 있고
싶지 않아요

셀린 디옹의 〈올 바이 마이셀프All by Myself〉를 듣고 있다. 읊조리 듯 시작한 노래가 점점 고조되어서 절규하듯 터져나오고 있다. 살다보 면 어느 날 갑자기 어떤 노래가 툭 튀어나오듯 떠오르는 순간이 찾아 오게 마련이다. 그러면 그 노래를 몇 번씩이고 반복해 들으면서 가사 를 음미해보기도 하고 이 노래가 왜 생각났는지 찬찬히 되짚어보기도 한다. 지금 이 순간처럼.

〈황해〉를 찍는 동안 〈대부〉의 오리지널사운드트랙을 계속해서 듣는 바람에 머릿속에서 그 멜로디가 떠나지 않았는데 오늘 문득 〈올 바이 마이셀프〉가 생각난 것이다. 마치 지난밤 꿈이 문득 떠오르는 것처럼.

172

사랑하는 연인도 내 옆에 있고 의리로 뭉친 친구들도 잔뜩 있는데 '혼자 있고 싶지 않아요'라니……

All by myself don't wanna be	혼자 있고 싶지 않아요.
All by myself anymore	더이상 혼자는 싫어요.
Hard to be sure	확신하기도 어렵고
Sometimes I feel so insecure	가끔은 너무나 불안해요.
And loves so distant and obscure	저 멀리 아련한 사랑만이
Remains the cure	나를 치료해줄 수 있을 뿐.

젊었을 때에는 내 곁에 아무도 필요하지 않았고, 사랑도 그저 재미로 할 뿐이었는데 이제 그 시절은 다 가버렸다는 이야기. 전화를 걸어보지만 친구들은 아무도 받지 않고 결국 혼자가 되어버렸음을 깨닫게 되었다는 노래. 가사는 이렇게 담담한데 셀린 디옹이 감정을 실어서 절절하게 부르고 있다. 게다가 콧소리가 섞여서 그런지 더욱더 애절하게 들린다. 꼭 펑펑 울고 난 다음에 코맹맹이가 되어 부르는 노래처럼 젖어 있다. 그런 셀린 디옹의 음성을 가만히 듣고 있노라면 나 역시도 갑작스럽게 혼자 남겨진 기분이 든다. 혼자 있고 싶지 않아요, 더이상 혼자는 싫어요……

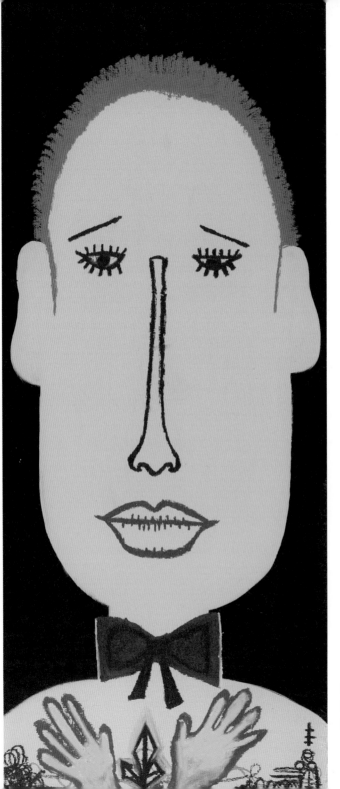

Lonely Night
합판에 혼합매체
121.5×50cm | 2010

스물세 살 때의 일이다. 내 이야기라도 되는 양 이 노래를 속으로 열심히 따라 부르던 시절이다. 그때 나는 연병장을 숨이 차도록 돌면서 이 노래를 무한 반복했다. 혼자 있고 싶지 않아요, 더이상 혼자는 싫어요…… 그때 나는 철저하게 혼자 남겨진 탓에 당장이라도 사랑을 하고 싶은 심정이었다. 너무나 고독할 때 그래서 그 깊은 외로움을 견디기 힘들 때, 사랑을 간절히 찾기도 하지 않는가. 그 시절의 내가 그랬다.

나는 국군홍보단이었다. 해군홍보단과 함께 무려 17일 동안이나 배를 타고 동티모르로 가던 중이었다. 가는 데 17일, 오는 데 17일이 걸리니 한 달 이상을 배 안에서 지내야만 했다. 내게는 입대 전에 사귀던 여자친구가 있었는데, 그렇게 오래 연락을 할 수 없다고 생각하니 불안하고 속이 타서 견딜 수가 없었다. 게다가 그 친구는 내가 입대할 때에도 울거나 안타까워하는 기색이 없었던 터라 내 마음은 더욱 초조했고 연락을 하지 못하는 동안 더 멀어질까봐 잠을 이룰 수 없을 정도였다.

사실 지금 생각하면 그 친구는 내게서 일찌감치 마음이 떠난 상태였던 것 같다. 그러니까 매일 연락을 한다고 해서 떠난 마음이 다시 돌아오지는 않았을 것이다. 그런 상황을 그 당시에도 어렴풋이 짐작하기는 했다. 하지만 여자친구에게 헤어지자는 말을 듣기 전까지는 먼저 그 사실을 인정할 수가 없었다.

삭막하고 고립된 군대에서 어떻게든 견디기 위해서는 지금 이 순간 군대 밖에서 누군가가 나를 기다리고 있다는 환상이 필요했다. 무엇보다 스물세 살의 나는 그녀를 무척이나 치열하게 사랑하고 있었다. 사실 나는 이미 혼자였지만 누군가 차갑게 "네 곁에는 아무도 없어, 너는 혼자야"라고 말해주기 전까지 혼자라는 사실을 깨닫고 싶지 않았던 것뿐이다.

동티모르로 향하는 배 안에 갇힌 채 그 어정쩡하고 불안한 시간을 버티기란 얼마나 힘겨웠는지…… 할 수 있는 일이라고는 아무것도 없었지만 유일하게 가능한 일 하나가 바로 음악을 듣는 것이었다. 해군 홍보단에는 사회에서 노래를 하거나 연주를 하던 친구들이 많았다. 그 친구들이 가방에 담아온 시디의 양은 어마어마했다. 다섯 개 혹은 여섯 개의 가방이 모두 시디로 꽉 차 있었다. 나는 매일 그 친구들에게 음반을 빌려서 음악을 들었다.

열여덟 명의 해군홍보단 친구들은 저마다 다른 취향을 가지고 있었기 때문에 매일같이 다양한 장르의 음악을 마음껏 들을 수 있었다. 멀미를 견디며 하루 종일 음악을 듣는 동안 여자친구와의 관계에서 오는 불안감을 어느 정도 잊을 수 있었다. 또한 점점 음악을 듣는 일에 몰두하게 되면서 나름대로 그 다양한 음악을 정리해볼 수도 있었다.

하루에 딱 한 번, 오후 2시부터 5시까지 갑판에 나갈 수 있는 시간이 주어지는데 그때마다 내가 고른 음반들을 챙겨 나와서 음악을 듣고는 했다. 차갑고 거친 바닷바람을 맞으면서 마음을 위로해주는 음악을 듣고 있자면 그 순간만큼은 나를 괴롭히는 상황에서 벗어나 순수하게

Whiskey | 캔버스에 아크릴릭 | 146×112cm | 2009

혼자일 수 있었다. 비로소 온전히 나 자신이 되는 기분이었다. 그러기를 한 달, 오로지 음악만이 함께해준 시간을 보내고서야 어지러운 마음을 어느 정도 다스릴 수 있었다. 음악 덕분에.

그후 휴가를 나와 그렇게도 보고 싶었던 여자친구를 만나게 되었다. 하지만 예상했던 대로 여자친구의 마음은 차갑게 식어 있었다. '설마 아닐 거야'와 '결국 내 짐작이 맞겠지' 사이를 오가며 나름대로 헤어지는 상황을 준비했는데 막상 이별이 닥치니 머릿속이 하얘졌다. 참으로 씁쓸하고 우울한 휴가였다.

다시 부대에 복귀했을 때 내가 할 수 있는 일이라곤 아무것도 없었다. 사회에 있었다면 새로운 여자친구를 사귀거나 다른 일에 집중하면서 실연의 아픔을 잊을 수 있었을지도 모른다. 하지만 군대에서는 다른 누군가를 만나는 일도, 내 에너지를 쏟아부으며 무언가에 몰두하는 일도 불가능했다. 결국 나는 귀에 이어폰을 꽂고 연병장을 달리고 또 달렸다. 음악과 조깅만이 내 친구가 되어주었다.

바로 그때 나와 함께 달려주었던 친구 중 하나가 바로 셀린 디옹의 〈올 바이 마이셀프〉이다. 셀린 디옹이 "All by myself don't wanna be. All by myself anymore" 하면서 목청껏 노래를 불러준 덕분에 내 마음의 상처는 서서히 아물었다. 숨이 차도록 달리면서 이 노래를 듣고 또 속으로 따라 부르면서 상실감을 어느 정도 치유할 수 있었다.

오늘 다시 이 노래를 듣고 있자니 달리고 또 달리던 스물세 살의 내 모습이 떠오른다. 10년의 시간이 흘렀지만 노래만은 생생하게 남아서 그때의 기억을 떠올리게 한다. 노래의 힘이란 얼마나 대단한가. 5분 남짓한 짧은 곡 하나 때문에 10년 전의 일들이, 그때의 생각과 감정이 영화처럼 그림처럼 머릿속을 스쳐 지나가다니. 또한 노래의 힘이란 얼마나 대단한가. 특히 반복되는 후렴구들은 흡사 무슨 주문과도 같이, 결코 사라질 것 같지 않았던 나의 아픔을 달래주고 불안하고도 힘겨운 시간을 버틸 수 있게 해주었으니.

나아가 음악 덕분에 나는, 내가 어떤 시간을 보내고 또 견뎌 지금 여기에 서 있는지 새삼 깨닫게 되었다. 아름답고 강렬하고 뜨거운 노래…… 그 속에는 말로 표현하지 못하는 것들이 참 많이 들어 있다.

음악을
처방해드립니다

　음악은 약이다. 머리가 아플 때 두통약을 복용하면 통증이 금세 완화되지 않는가. 마찬가지로 음악을 들으면 기분이 쉽게 전환된다. 사랑에 빠졌을 때, 이별을 통보받았을 때, 잠이 오지 않을 때, 잠을 깨고 싶을 때, 기분을 업시키고 싶을 때, 감상에 젖어들고 싶을 때…… 우리는 음악을 듣고 싶어한다. 몸이 약처럼 음악을 원하는 것이다.

　음악의 구성 요소는 템포와 리듬과 멜로디이다. 템포의 빠르기에 따라 우리의 호흡은 가빠지거나 편안해진다. 다양한 리듬은 신기하게도 발끝이나 목을 저절로 움직이게 한다. 그리고 멜로디는 자꾸 그 음악을 흥얼거리도록 유혹한다. 좋아하는 곡을 한번 떠올려보자. 자신도 모르게 허밍을 하면서 고개를 까딱이고 호흡을 조절하게 되지 않는가.

그리고 그 순간에는 마음까지 바뀐다.

이것은 음악이라는 약으로 쓴 '음악 처방전'이다.

첫번째 처방전
"밤이 깊도록 잠이 오지 않아요."
→ 엘라 피츠제럴드, 〈미스티Misty〉

동티모르를 왕복했던 배 안에서 대략 천 장의 음반을 들었다. 아마 음악감상 자격증이라는 것이 있다면 가뿐히 따냈을 것이다. 〈미스티〉는 그때 고독하고 불안한 마음을 포근하게 감싸주었던 곡이다. 원래는 재즈 피아니스트 에롤 가너가 1955년에 발표한 곡인데 워낙 아름다워서 여러 번 리메이크 되었다. 특히 클린트 이스트우드가 주연한 〈어둠 속에 벨이 울릴 때Play Misty for Me〉(1971)에서 세라 본이 불러 큰 인기를 끌었다.

특히 엘라 피츠제럴드가 부른 버전을 좋아한다. 부드러운 담요를 살포시 덮어주는 듯한 음성을 듣고 있노라면 나도 모르게 스르르 눈이 감긴다. '다 괜찮다'고, 자고 일어나면 모든 것이 좋아질 거라고 속삭여주는 음성에 온몸을 맡겨보라. 지금의 불안하고 고독한 마음이 어느새 진정되어 있을 것이다.

Trust Me! I Am a Doctor | 캔버스에 혼합매체 | 90.5×116.5cm | 2010

두번째 처방전

"아침에 깨어나면 너무 우울해요."

→ 레이철 야마가타, 〈아이 위시 유 러브I Wish You Love〉

누구든지 한 번쯤은 들어보았을 귀에 익은 재즈 넘버이다. 리사 오노, 로라 피기, 내털리 콜 등 유명한 재즈 가수들이 불렀지만 특히 추천하고 싶은 것은 레이철 야마가타의 노래이다. 우마 서먼과 메릴 스트립 주연의 영화 〈프라임 러브〉(2005)에 흐르던 바로 그 버전이다.

원곡보다 템포가 조금 빠르고 살짝 보사노바풍이라서 어깨가 들썩이고 저절로 발을 까닥거리게 된다. 레이철 야마가타는 약간 허스키한 음성을 지니고 있어서 다른 가수들처럼 부드럽게 휘감는 맛은 없다. 하지만 깔끔하고 신선한 느낌이 무거운 눈꺼풀을 번쩍 뜨게 해줄 것이다. 사랑하는 사람이 커튼을 걷어 잠을 깨워주는 것처럼, 경쾌한 노래가 침대에 달라붙은 무거운 몸을 가뿐하게 일으켜줄 것이다.

세번째 처방전

"오늘은 왠지 추억에 잠기고 싶어요."

→ 스탠 게츠, 〈오텀 리브스Autumn Leaves〉

이 곡에도 역시 동티모르의 추억이 담겨 있다. 지금 알고 있는 음악의 대부분을 그 시기에 들었기 때문에 어쩔 수 없다. 이 곡은 배 안에서 재즈 가수였던 이필승이라는 친구가 직접 불러주어 더욱 인상 깊게 남았던 노래이다. 슬프고 울적한 분위기 때문에 우리는 모두 눈시울을 붉혔다. 그 순간만큼은 고립된 배 안의 군인들이 아니었다. 다들 자신만의 추억 속에 빠져 그 순간을 다시 경험하는 것 같았다.

이번에는 스탠 게츠가 연주하는 색소폰 음악으로 추천한다. 비가 내리거나, 누군가의 얼굴이 떠오르거나, 그렇게 문득 추억에 잠기고 싶을 때 이 음악을 들어보기를. 현실감각이 사라지면서 아마도 아주 쉽게 추억여행을 떠날 수 있을 것이다.

네번째 처방전
"그녀와 차로 데이트중인데 길이 막힙니다."
→ 스티비 원더, 〈이즌 쉬 러블리Isn't She Lovely〉

차 안에서 자주 듣는 노래이다. '느낌 있는' 스티비 원더의 목소리가 그녀를 향한 사랑을 한층 증폭시켜주는 것 같다. 특히 교통체증이 심해서 짜증이 나는 날에는 반드시 이 노래를 틀어둔다. 함께 있는 것만으로 행복하고 소중한 시간인데 길이 막히기 시작하면 그 사실을 너무쉽게 잊어버리기 때문이다.

그럴 때 이 노래를 함께 들으면 신나고 경쾌한 리듬에 짜증과 지루함은 금방 사라져버린다. 막히는 도로 때문에 스트레스를 받는 대신, 둘이 멜로디를 흥얼거리면서 오로지 서로에게 집중할 수 있게 된다.

No.18 | 캔버스에 혼합매체 | 130×116cm | 2011

사랑하는 사람과 차를 타고 데이트를 할 때 반드시 준비해두기를! 차가 막힐 때뿐만 아니라 사소한 일로 티격태격할 때도 도움이 된다.

다섯번째 처방전
"그녀에게 진심을 전하고 싶어요."
→ 리처드 샌더슨, 〈리얼리티Reality〉

소피 마르소가 무척이나 사랑스럽게 나온 〈라붐〉(1980)에 흐르던 노래이다. 어른들이 외출한 사이 댄스파티를 벌이는 아이들. 땀을 식히기 위해 물을 마시던 소피 마르소의 뒤로 다가가 헤드폰을 씌워주는 남자아이. 그때 헤드폰 속에서 흐르던 곡이 바로 〈리얼리티〉이다. 아이들은 빠른 댄스음악에 맞춰 몸을 흔들고 있는데 두 아이만이 서로를 껴안고 달콤하고 부드러운 음악에 맞춰 춤을 추는 것이다.

다른 사람들은 듣지 못하고 오직 두 사람만이 들을 수 있는 노래. 그 노래 덕분에 두 사람만의 세계가 만들어진다. 사랑한다고 고백할 때 혹은 진심으로 미안함을 전할 때 이 노래를 활용하자. 노래를 타고 당신의 진심이 반드시 그녀의 마음에 전달될 것이다.

이상 다섯 곡의 음악 처방전이었다.

음악은 약이다. 하지만 음악이 약과 다른 점은 아무리 복용해도 내성이 생기지 않는다는 것이다. 오히려 한 번이라도 더 듣고 싶어지고 자꾸만 떠오른다는 점에서 마약과도 같은 중독성을 지녔다고 할 수 있다. 또 음악은 스스로 처방할 수 있다. 몸이 아프면 의사나 약사에게 가지만 마음이 아프면 스스로 진단하고 듣고 싶은 음악을 들으면 된다. 그 순간 가장 간절하게 듣고 싶은 노래가 가장 적절한 약이 되어줄 것이다.

오늘은 〈오텀 리브스〉를 들으며 추억여행을 해야겠다. 필승이가 불러주던 노래도 한 번 더 청해 듣고, 그 시절 바다 위에서 혼자 이어폰을 끼고 들었던 〈미스티〉도 떠올려보고 싶다. 추억여행에서 돌아온 다음에는 〈리얼리티〉를 들으며 사랑하는 사람에게 전화를 걸어야지. 그녀도 함께 이 노래를 들을 수 있도록 볼륨을 잔뜩 올린 채.

30대
성인 남자이지
말입니다

여자를 팔아넘겼느냐는 경찰의 질문에 한 남자가 실실 웃으며 "안 팔았어요. 죽였어요"라고 대답한다. 태연히 자신이 죽인 사람들의 숫자를 손가락으로 헤아려보기까지 한다. 그의 살인 목적은 즐거움, 죽이는 것이 좋아서 죽일 뿐 별다른 이유는 없다. 온몸에 피칠갑을 하고 여자를 망치로 내려칠 때 그는 아이처럼 순진하다.

〈추격자〉의 지영민 이야기이다. 배우로서 실감나게 연기하고자 지영민을 이해하려고 노력했지만 특이하고 무서운 인물이라는 사실은 부정할 수 없다. 그러니 조금 억울하지만 지영민을 연기한 내게 쏟아진 사람들의 묘한 시선을 충분히 이해할 수 있다. 게다가 나는 호스트바의 비굴한 마담, 사람을 죽이러 서울에 온 조선족 등 평범하지 않은 인물들을 주로 연기해왔다. 다른 연예인들처럼 쇼 프로그램에 자주 얼굴을 비치지도 않았으니 인간 하정우와 영화 속 캐릭터를 동일시하는 것도 그리 이상한 일은 아니다.

하지만 30대 남성으로서 내게도 일상생활이 있다. 이 나이쯤에는 다들 그렇듯이 청소년기를 함께 보낸 친구들과 술을 마시며 놀 때가 가장 즐겁다. 또 오래 사귄 여자친구와 데이트를 할 때 평화로움을 느낀다.

물론 배우라는 직종이 다른 일에 비해 특이하긴 하지만 배우이기 이전에 한 인간이 아닌가. 그러니 내 일상생활에 대해 솔직하게 이야기해보고 싶다.

내게는 유치원 때부터 지금까지 만나는 친구들이 있다. 우리는 모두 A형의 기질을 지니고 있어서 하나같이 여리고 소심하다. 내가 무슨 말을 꺼내면 쟤가 기분 상하지는 않을까, 눈치를 보면서 조심스럽게 이야기를 꺼내고 많이 배려한다. 그런 성격 때문에 지금까지 계속해서 뭉치게 되는 것 같다.

친구들과 만나면 나는 여러 친구 가운데 하나인 김성훈일 뿐이고, 또 내 친구들도 김성훈의 친구들일 뿐이다. 어떤 친구는 최근에 "회사 사람들이 너랑 어릴 때부터 친구라고 하니까 그렇게 유명한 사람이 네 친구냐 하면서 놀라더라. 너 그 정도로 유명했냐?"라고 해서 모두를 웃긴 적이 있다. 내가 배우임을 의식하지 않고 김성훈으로 지낼 수 있

Memory of Friday Night | 캔버스에 혼합매체 | 130×116cm | 2011

도록 김성훈으로 나를 대하는 친구들이기에 지금까지 오랫동안 만날 수 있었을 것이다.

물론 가끔 이런 상황이 어색해지는 순간도 생긴다. 친구들 대부분이 직장인인지라 점점 나와 친구들 사이에 영향력이나 수입에서 격차가 벌어지고 있기 때문이다.

예를 들면 술자리에서 나 혼자서도 충분히 20만 원을 낼 수 있다. 또 친구들을 위해 기꺼이 내고 싶을 때도 있다. 하지만 무조건 열 명이서 각각 2만 원씩을 걷는다. 친구들이 그렇게 걷자고 제안하고 잘 지켜준다. 이런 부분이 참 고맙다. 배우로서 하정우의 삶이 있고 보통 사람으로서 김성훈의 삶이 있다면, 친구들이 그 균형을 잘 유지할 수 있도록 도와준다.

'FC 하정우'도 나의 일상생활을 지켜주는 것 가운데 하나이다. FC 하정우는 내 친구들과 〈국가대표〉를 함께 찍었던 김지석, 김동욱, 최재환 등이 참여하는 축구 모임으로 약 서른 명 정도로 구성된 팀이다. 매주 수요일 세 팀으로 나눠서 우리끼리 리그 경기를 하고 우승팀을 가린다. 우승팀에겐 상금 20만 원이 주어지는데 서른 명이 회비를 5만 원씩 모아서 상금을 주고 다 함께 회식을 한다.

축구로 승부를 가리는 게 재미있기도 하지만 무엇보다 나도 친구들도 이 모임 자체를 매우 좋아하고 즐긴다. 결혼 후에 일과 가정에만 매여서 살아가는 대부분의 직장인 친구들에게 FC 하정우 모임은 답답한 삶의 탈출구가 되어준다. 사람에게는 자신의 에너지를 쏟을 곳이 필요하다는 중요한 사실을 친구들과 이 모임을 꾸려가면서 깨닫는다.

얼마 전에는 부산에서 〈황해〉를 촬영하다가 서울로 올라올 뻔했던 적도 있다. 얼른 서울로 올라가서 친구들과 축구 해야지, 생각하면서 부산역까지 갔다가 아, 이건 좀 아니다, 싶어서 그냥 돌아오고 말았다. 부산에서 오후 5시 기차를 타고 9시까지 서울에 가서 축구를 하고 다음 날 아침 10시까지 와야 하는데, 아무래도 무리이지 않은가. 그 정도로 나에겐 FC 하정우가 소중하다.

물론 이처럼 평범한 일상이 아무것도 아닌 일에 쉽게 무너질 때도 있다. 나는 김성훈으로 일상을 살아가지만 거리에서 마주치는 사람들은 나를 김성훈이 아니라 영화배우 하정우로 대하기 때문일 것이다. 혼자 식당에 들어가서 밥을 먹을 때 나를 알아보고는 흘끗흘끗 자꾸 쳐다보는 시선을 느낄 때가 있다. 그러면 조금 불편해진다. 열 번 중에 세 번 정도는 화가 나기도 하지만 그 정도는 견딜 만하다. 그러나 누군가 몰래 사진을 찍는 일이 생기면 그때는 아무 생각도 들지 않고 화가 난다. 사람을 대하는 예의가 아니라고 생각하기 때문이다. 참을 수 없이 화가 나지만 그래도 어쩔 수 없이 꾹 참는다. 이제는 그런 상황에도 익숙해져서 내가 이것까지 견딜 수 있으면 정말 편해지겠다, 생각하지만 쉽지는 않다.

물론 이런 일 때문에 위축되지는 않는다. 그저 자연스럽게 행동할 뿐이다. 연애에 있어서도 마찬가지이다. 우리는 다른 평범한 연인들처럼 손을 잡고 길거리를 돌아다니거나 마트 식품 코너에서 장을 본다. 카트를 끌면서 시식 코너를 서성이고 과일을 고를 때면 평화롭다는 생각이 든다. 일상이 주는 포근함을 만끽하는 것이다.

가끔 지방에서 촬영을 할 때 서울에 올라갈 일이 생기면 혼자 기차를 타고 간다. 그러면 사람들이 놀라면서 왜 혼자 다니냐고 묻고는 한다. 하지만 나는 왜 누군가 나를 위해 운전을 하고 나와 함께 이동해야 하는지 모르겠다. 오히려 그편이 더 이상하고 부자연스러운 것 같다. 내가 어린애도 아닌데 말이다.

친구들, 축구, 연인. 이것이 내 일상생활을 구성하는 작은 조각들이다. 사람들은 영화를 통해 한 배우를 접하고 그를 이해하려고 하지만 생각해보면 조금 이상한 일이다. 영화는 감독의 창작물이고 배우는 그 속에서 연기를 할 뿐인데 어떻게 그 '사람'을 알 수 있을까. 그러니 사람들이 영화가 만들어내는 이미지와 말을 믿는 대신 일상생활 속의 그 사람을 그냥 바라봐주었으면 좋겠다.

언젠가 한 영화 잡지의 기자와 1박 2일 인터뷰를 한 적이 있다. 낮에 만나서 인터뷰를 하고 저녁에 술을 마시면서 대화를 나눈 뒤에 다음 날 촬영장에서 다시 만나는 일정이었다. 그렇게 오랜 시간을 함께 보내며 솔직한 대화를 나누자는 게 1박 2일 인터뷰의 목적이었다. 술을 다 마시고 헤어질 때였다. 그 기자 분이 내게 이렇게 말했다.

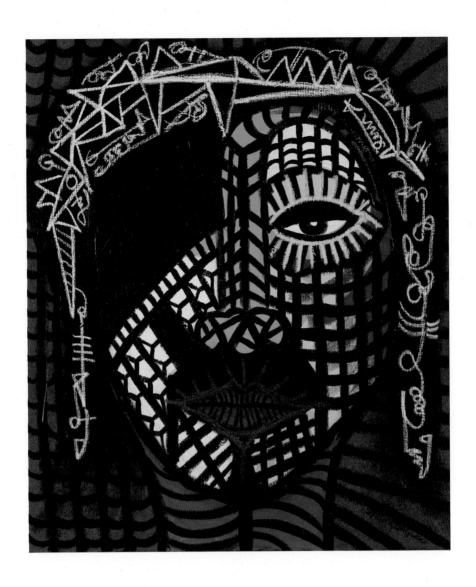

Me | 캔버스에 혼합매체 | 72.5×61cm | 2010

"정우씨, 정우씨의 본모습을 보여주세요. 정우씨는 어떤 사람이에요?"

그는 답답한 얼굴이었다. 오랜 시간 대화를 나누었는데도 본모습을 보여달라고 하니, 나 또한 답답하기는 마찬가지였다. 우리의 대화가 충분하지 못했나 싶기도 하고 무슨 이야기를 더 나누면 좋을까 고민스럽기도 했다. 그런데 돌아오는 길에 곰곰이 생각해보니 배우로서 마주할 수밖에 없는 상황이라는 생각이 들어 마음이 조금 쓸쓸해졌다.

게다가 나는 배우 아버지를 둔 배우 아들이지 않은가. 그러니 사람들은 내게 영화에서나 볼 법한 특별한 사연을 듣고 싶어할 것이다. 하지만 잘 모르겠다. 내게 그런 이야기가 있는지 없는지 말이다. 내 삶은 특별할 수도 있고 아무것도 아닐 수도 있다. 우리 인생이 가까이서 들여다보면 얼마든지 특별해지지만 또 멀리서 바라보면 다 비슷한 것처럼 말이다.

김윤석 선배와 서울에 가기 위해 함께 케이티엑스를 탔을 때이다. 피곤했는지 선배는 금세 잠이 들었다. 잠든 선배의 모습을 가만히 바라보았다. 아마도 많은 이가 선배를 특별한 눈으로 보고 있을 것이다. 사생활이 노출되지 않은 연기파 배우, 그래서 사람들은 김윤석이라는 사람을 더 궁금해하고 특이하게 생각할지도 모른다. 하지만 내가 아는 선배는 그 누구보다 평범한 사람이다. 촬영을 하지 않을 때면 가족들과 여행을 가고 피곤하면 입을 벌리고 잠드는 아저씨 말이다. 그런 생각이 드니 조금 위안이 되는 것도 같았다. 그저 사람들의 렌즈에 따라 다르게 보일 뿐이라는 사실을 깨달았기 때문이다. 주위를 둘러보면 어디에서나 볼 수 있는 30대 성인 남자. 그게 바로 나다. 나 스스로 그 사실을 알고 있으면 충분하다.

Nothing to Smile About | 캔버스에 혼합매체 | 100×80cm | 2011

마이 헤어디자이너,
태석이에게

태석아, 나 성훈이다. 요즘 구제역 때문에 난리던데 별일 없냐. 우리가 우정 다짐을 한 지도 꽤 된 것 같아서 이렇게 편지를 쓴다. 술 마시면서 우정을 다져야 하는데 새로 들어간 영화 때문에 요즘 조금 바쁘다. 봄에 있을 전시회 준비도 해야 하고 책 때문에 원고도 써야 해서 정신이 없어.

그래서 오랜만에 펜을 들었다. 괜히 편지 읽고 울지 마라. 아무래도 술자리에서 얼굴 보고 하는 것보다 더 감동적인 멘트들이 나갈 것 같다. 휴지 준비하고.

우리가 처음 만난 게 중학교 1학년 때였는데 기억 나냐. 나야지, 안 나면 말이 안 돼지. 넌 그때부터 아저씨 냄새가 나는 특이한 놈이었어.

키는 이미 어릴 때 다 커버려서 지금과 똑같았지.

잠깐, 추억 회상중에 할 말이 있다. 짜식아, 너 키 170센티미터라고 우기지 좀 마라. 양심적으로 말해서 네 키는 168에서 170 사이인데 왜 자꾸 우기냐. 내가 봤을 땐 네가 구두에서 내려오고 양말까지 벗으면 딱 167센티미터다.

다시 추억으로 돌아가자. 하여튼 어린놈이 털도 많고 어찌나 남자 냄새가 나던지 깜짝 놀랐다. 게다가 넌 무시무시한 집념의 소유자였지. 고등학교 1학년 때였나. 우리 매년 친구들 모아서 스키장에 놀러 갔었잖아. 그해 겨울에도 스키장에 갔었지. 바로 그날 말이다. 네가 김태석이 아니라 소태석, 우태석이가 된 바로 그날.

우리는 리프트를 타고 용평 스키장 골드 코스를 지나고 있었지. 그 험난한 코스를 기억하나? 무려 산을 두 개나 넘어야 하는 지점이었어. 나란히 리프트를 타고 가뿐하게 넘어가고 있었잖아. 그런데 바로 그 순간 네가 장갑을 한 짝 떨어뜨렸지. 나는 네가 그럴 줄은 몰랐다.

너는 그 길로 바로 내려가서 산을 타더라. 무서운 놈. 보통 사람 같으면 그냥 포기한다. 게다가 그건 비싼 가죽장갑도 아니고 그냥 털장갑이었는데…… 너는 기어이 산을 타더라.

그러고는 정확히 세 시간 뒤, 너는 마치 아무 일도 없었다는 듯이 우리 앞에 나타났어. 우리가 뜨거운 어묵 국물을 들이켜면서 싸나이들의 우정 다짐을 하고 있을 때 말야. 네가 과연 장갑을 찾아올 수 있을

지 우리는 목숨을 건 내기를 하고 있었다.

그런데 네가 장갑 한 짝을 들고 나타난 거야! 그 순간 너는 마치 묵묵히 밭을 가는 성실한 한 마리 소와 같았어. 그때부터 너는 우리의 소가 되었다. 태석아, 내가 정말 걱정되어서 하는 말인데 제발 구제역을 조심해라. 꼭 축사 근처는 피해 다니고. 그렇게 옮기가 쉽단다, 알았지?

하여튼 추억 속으로 계속 가보자. 너는 고등학교 3학년 때 직업반에 들어가서 미용일을 시작했지. 어찌나 성실하던지 그때도 너는 소 같았다. 요즘도 그렇지? 우리랑 새벽 5시까지 술을 퍼마시고도 7시에는 꼭 출근하잖냐. 10시 30분까지 출근해도 되는 놈이 왜 그러나 했더니 분당까지 가서 어머니를 운영하시는 식당에 모셔다드리더라. 장한 놈, 역시 너는 내 친구다.

네가 미용실에서 처음 일을 시작했을 때 우리는 모두 거기로 몰려가서 머리를 했지. 그래 봐야 넌 그때 머리 감기는 일만 하고 있었는데 말이야. 그래도 우리는 네가 드디어 자리를 잡고 일하는 모습을 보는 게 좋았다.

나는 그때 다른 분에게 머리를 하고 있던 때라 구경만 했어. 친구들이 널 못 믿어서 머리 안 맡기는 것 아니냐고 놀랍도록 예리한 지적을 했을 때 뜨끔했다. 하하. 농담이라는 것 너도 알지? 우리 만날 때마다 그런 이야기 했잖아.

너는 내게 "내가 정말 실력을 키워서 잘되면 너를 메인으로 하고 싶다" 말했고, 나는 그런 네게 "나도 배우로서 너한테 힘을 실어줄 수 있는 위치가 되면 너한테 가겠다" 말했지. 지금보다 더 서로에게 도움이 되어줄 수 있을 때 만나자고 말이야.

그때 다른 놈들은 자꾸 우리를 이간질하려고 했지만 우리는 끈끈한 의리로 굳건히 우정을 지키고 있었지. 그거 다 우정 다짐 덕분이다. 내가 1998년에 베스킨라빈스 광고를 찍을 때 말이다. 매니저도 없을 때라서 혼자 촬영장에 가기 진짜 뻘쭘했는데 네가 나랑 같이 가줬잖냐. 내 매니저인 척하고 말이야. 그때 정말로 고마웠다. 아무것도 아닌 작은 역할이었는데 네가 있다는 생각을 하니까 가슴을 펴고 촬영장을 누빌 수 있었다.

자, 이제 우리 그날의 우정 다짐을 디테일하게 따져보자. 이틀 밤을 꼬박 새고 촬영장에서 나와 다른 사람의 차를 얻어타고 영동대교까지 왔지. 영동대교 남단에서 택시를 잡아타고 신사동에 와서 우리가 갔던 술집 이름은?

그렇지. '동방불패'라는 돼지갈빗집이었다. 우리가 나중에는 유명 헤어디자이너, 유명 배우가 돼서 메인으로 광고 촬영장에서 시간을 보낼 날이 올 거라며 돼지갈비를 열심히 뜯었잖아. 자, 그리고 정확히 몇 년 뒤에 다시 그 동네로 가서 우정 다짐을 했더라? 시간 잰다. 1초, 2초, 3초……

2007년이니 9년 뒤잖냐. 너 계산은 제대로 했냐? 우리가 백세주 광고를 찍고 난 다음이었어. 좋은 사람들과 함께 술을 마시는 광고 콘셉트라고 해서 내가 너를 추천했었잖아. 너의 그 어색함 돋는 연기, 아직도 생생하게 기억한다. 하여튼 9년 전에는 무명 배우와 매니저인 척하는 소였지만 그날은 당당한 배우로서 촬영장에 갔던 거였지.

우리는 그날 촬영이 끝나고 똑같이 신사동으로 갔어. 그런데 '동방불패'는 망하고 없어졌더라. 하기야 강산도 변한다는 10년 가깝게 시간이 지났으니 오죽하냐. 그래도 우리의 우정은 그렇게 건재했는데 말이야.

그래서 어디로 갔게? 바로 옆의 참치횟집에 갔잖아. 그날 얼마나 행복했냐. 9년이라는 세월이 지나서도 이렇게 함께 소주잔을 기울일 수 있다는 게 얼마나 감사한 일이냐며 열심히 우정을 다졌잖냐.

너도 그렇겠지만 나는 그런 시간이 정말 좋다. 우리를 하나로 묶어주잖아. 손발이 좀 오그라들고 얼굴이 좀 간질간질해도 그렇게 서로 속마음을 이야기하고 추억을 하나씩 짚어가는 게 참 좋았어. 지금도 그렇고 말이다.

그래서 태석아, 우리의 우정을 기념하고 싶어서 내가 너를 위해서 특별히 그림을 하나 그렸다. 혹시 너도 봤었나? 소 그림은 아니다. 그건 〈불Bull〉(167쪽)이라고 첫 전시회 때 걸었던 그림이고, 최근에 합판 위에 그린 다른 그림이 있다. 촬영장에서 세트로 썼던 합판 위에 그린

Spider Man | 캔버스에 혼합매체 | 116.7×91cm | 2010

167cm.

My Hair Designer
합판에 혼합매체
118×60cm | 2010

작품이지. 제목은 〈마이 헤어디자이너My Hair Designer〉, 너를 모델로 그린 그림이야.

너 알고 있지? 내가 그림을 그릴 때 특별한 모델 없이 그냥 그린다는 거. 지금까지 내 그림의 모델이 되었던 사람이 딱 둘 있다. 한 명은 네가 머리 해줬던 야생이 상훈이다. 그리고 다른 한 명은 바로 너, 김태석이야. 상훈이의 머리를 네가 해주었으니 어쩌면 너는 내 그림에 가장 많이 등장하는 것인지도 모르겠다. 너는 내게 그 정도로 소중한 사람이다. 내 마음 알겠지?

태석아. 우리가 알게 된 지도 벌써 20년 가까이 되었다. 털 많고 아저씨 냄새 나던 네가 헤어디자이너가 될 줄 누가 알았겠냐? 장난이나 치고 농구만 하던 내가 영화배우가 될 줄은 또 누가 알았겠냐. 이제 우리 나이가 서른넷이다. 젊다면 젊고 또 나이 들었다면 들은 나이다. 쉰넷에 우리는 무엇을 하고 있을까? 아마 지금 시기의 이야기들을 하나씩 떠올리며 우정 다짐을 하고 있겠지. 일흔넷에도 그러자면서 말이야.

묵묵히 열심히 일하는 네 모습이 좋다만 건강 챙기면서 생활해라. 오랫동안 친구 하려면 무엇보다 오래 살아야 하잖냐. 조만간 만나서 술 한잔하자. 전화하마.

야생의
사랑을 위해서

"사랑해."

한 남자가 한 여자에게 할 수 있는 가장 진솔한 고백.

"사랑해."

어디에서나 들을 수 있는 가장 흔한 말.

사랑은 특별한 동시에 모든 곳에 존재한다. 그래서 가장 비밀스러운 고백이 되기도 하고 모두의 보편적인 이야기가 되기도 한다. 길을 걷다가 들려오는 노래가 있다면, 아마 네게 첫눈에 반했다는 노래일 것이다. 영화를 보러 극장에 간다면, 우리 사이가 우정인 줄 알았는데 사랑이었다는 영화일 것이다. 카페에 가서 다른 테이블을 둘러본다면, 연인들이 사랑을 나누거나 이별을 겪고 있을 것이다.

오늘은 그런 '사랑'에 대해 생각해보기로 한다.

먼저, 날것의 색을 붓에 묻혀 캔버스에 사랑을 그린다. 좌우대칭 같은 것은 생각하지 말고 자연스럽게 붓을 놀린다. 빨간 하트가 나타난다.

잠시 물러나서 담배를 입에 문다. 사람들은 사랑이라는 말을 쉽게 사용하면서 자신이 사랑에 대해 잘 알고 있다고 믿는다. 하지만 누군가 사랑이 무엇이냐고 물어보면 대답하지 못하고 머뭇거릴 것이다. 그렇지만 모두가 사랑을 하고 사랑을 꿈꾼다. 재미있는 일이다. 사랑의 의미를 모르면서도 다들 사랑을 할 수 있고 또 원한다는 것이.

그런 사람들의 마음을 그려보기로 한다.

하트 바깥에 미로를 만든다. 왼쪽 귀퉁이에서 시작한다. 펜으로 부드러운 곡선의 미로를 그린다. 복잡한 길이든 단순한 길이든 모두 하트를 향해 뻗어 있다. 그물처럼 얽혀 있는 미로와 사다리처럼 규칙적인 미로도 마찬가지이다. 어떤 미로든 시작점을 지나면 결국엔 사랑으로 끝이 난다.

언젠가 이런 생각이 들었다. 돈을 많이 벌려 하고, 이름을 얻으려

Love | 캔버스에 혼합매체 | 91×116.5cm | 2010

하고, 아름다워지려 하는 이유는 모두 사랑 때문이 아닐까. 돈이 많을수록, 이름을 날릴수록, 아름다울수록 더 멋진 사랑을 만날 수 있다고 생각하니까. 그래서 다양하고 복잡해 보이는 사람들의 행동도 결국에는 자신의 짝을 얻기 위한 단순한 목표에 따라 움직이는 것은 아닐까.

그런데 이렇게 살아가다보면 그 목표를 잊어버리기도 한다. 어느 순간부터 돈 버는 것, 이름을 얻는 것, 아름다워지는 것 자체가 목표가 되어버리는 것이다. 그러면 사는 게 힘들어지기 시작한다. 돈을 벌다보면 더 큰 욕심이 생기고 이름과 아름다움도 마찬가지다. 욕심에는 끝이 없기 때문이다.

그러면 사람들은 다시 사랑에 대해서 생각하게 된다. 마치 처음 떠올랐다는 듯이 사랑을 꿈꾼다. 자기에게도 사랑하는 사람이 있으면 좋겠다고 생각한다. 사랑하는 사람만 있다면 가난하고 못생겨도 행복할 거라고 생각한다. 왜냐하면 사랑하는 사람이 언제나 자신을 감싸줄 거라고 믿기 때문이다.

이런 생각을 하면서 곡선의 미로를 완성한다. 빨간 하트의 외곽 부분이 사람들의 꿈틀거리는 마음으로 가득 메워졌다. 사랑을 위해 살아간다. 살아가다가 사랑을 꿈꾼다. 다들 그렇게 지내고 있는 것이다. 그렇다면 지금 이 순간 사랑을 하고 있는 사람들은 어떤 모습일까?

스스로 사랑을 하고 있다고 여기는 사람들의 이야기를 들어본다. 사랑을 이루어주는 회사가 있단다. 그 회사에 가입하면 사랑을 시작할 수 있단다. 이상하다. 왜 사랑이 자신도 모르게 빠져드는 감정이 아니라 계획을 세워 추진해야 하는 프로젝트라고 말하는 것처럼 들릴까? 사업가들처럼 말이다.

그런 사람들이 사랑이라고 생각하는 것을 그려보기로 한다.

빨간 하트의 내부를 선으로 채워 나간다. 왼쪽 귀퉁이에서 시작한다. 역시 펜 작업이다. 하지만 이번에는 곡선이 아니라 직선들을 그린다. 냉정하고 건조한 느낌의 직선들이 빽빽하게 들어찬다.

학력, 집안, 재산, 직업, 키와 몸무게…… 이러한 조건들을 기준으로 남자와 여자의 등급을 나눈다고 한다. 가장 높은 등급의 남자만이 가장 높은 등급의 여자를 만날 수 있다. 같은 등급끼리만 사랑이 가능하다는 것이다.

같은 등급의 남자와 같은 등급의 여자가 만난다. 두 사람은 서로에 대해 알고 있는 정보가 틀림없는지 확인하는 절차를 밟는다. 만나서 밥을 먹고 차를 마시면서 질문을 주고받는다. 별 이상이 없다는 생각이 들면 두 사람은 이제 사랑을 하기로 결정한다. 하트 안은 어느새 기계 속의 회로처럼 갑갑해진다.

나는 도무지 이해할 수가 없다. 이것이 정말 사랑일까? 나에게 사랑이란,

내 손가락이 저 사람의 손가락에 살짝 닿았으면 좋겠다. 내 손으로 그 사람의 손을 꼭 잡아 놓치고 싶지 않다. 그 사람을 내 쪽으로 당겨서 깊숙

Star | 캔버스에 혼합매체 | 162×130cm | 2011

하게 끌어안고 싶다……

이런 마음이다. 더 복잡하고 어렵게 설명할 이유가 없다. 사랑은 감정이지만 몸을 매개로 이루어지는 것, 그러니까 사랑은 가장 동물적인 것이다. 내게 이보다 더 정확하고 솔직한 정의는 없다.

그런데 사람들은 이런 사랑의 감정을 잃어버리고 어떻게 저토록 계산적으로 살아갈 수 있을까. 요즘은 다들 건강을 위해 '오가닉 라이프'를 지향한다. 유기농으로 재배한 식품을 먹고 친환경적으로 만든 제품을 몸에 걸치려고 애쓴다.

그런데 우습게도 사랑은 이와 정반대로 이루어지고 있다. 전혀 '오가닉'하지 않은 삶이다. 자연과 가까워질수록 사람은 건강하고 행복하게 살 수 있다고 한다. 그런데 삶에서 가장 중요한 사랑이 자연에서 가장 멀리 떨어져 있다.

그러니 사람들은 얼마나 불행한가. 아마 평생 사랑다운 사랑도 해보지 못한 채 죽는 사람도 많을 것이다. 그리고 사람들의 마음은 잔뜩 병들어 있을 것이다. 다시 진짜 사랑이 무엇인지 알게 되기 전까지 배고프고 지친 짐승처럼 웅크리고 있을 것이다.

사람들이 다시 진짜 사랑을 할 수 있었으면 좋겠다. 그런 마음을 캔버스에 옮긴다.

진짜 사랑은 오가닉한 것이다. 몸과 마음을 열고 느끼는 것이다. 다른 외부 조건들을 잊고 서로에게 빠져드는 것이다.

그리고 진짜 사랑은 서로에게 다가가는 과정을 충실히 밟아 나가는 것이다. 그 사람의 음악 취향이나 식성처럼 사소한 것들을 알아가는 것이 사랑이다. 우연히 마음이 통하는 순간이 올 때 짜릿함을 느끼는 것이 사랑이다. 많이 안다고 생각했는데 어느 순간 낯섦을 느끼는 것이 사랑이다. 노력해도 마음의 거리가 좁혀지지 않아 초조함을 느끼는 것이 사랑이다. 작은 오해로 크게 실망하고 멀어지는 순간을 견디는 것이 사랑이다…… 이런 지난한 과정을 통해 서로를 이해하고 서로에게 길들여지는 것이 바로 진짜 사랑이다.

이렇게 사랑은 쉽게 빠져드는 감정인 동시에 어렵게 쌓아가는 관계이기도 하다. 그런 사랑이 향수처럼 퍼져 나갔으면 좋겠다. 붉은색 스프레이를 캔버스에 뿌려본다. 아직은 희미하지만 멀리 퍼질 것이라고 믿으면서.

나무와 별과
꿈과 그림

　　나무와 사람은 참 닮은 것 같다. 나무는 뿌리가 깊어야 강한 바람이 불어도 흔들리지 않는 것처럼 사람은 신념이 굳건해야 시련에도 쓰러지지 않는다. 또 나무는 뿌리가 튼튼할 때 튼실하고 탐스러운 열매를 맺을 수 있듯이 사람 또한 신념이 강할 때 아름답고 높은 꿈을 꿀 수 있는 것 같다.

　　뿌리는 결국 열매를 위해 존재한다. 나무의 임무는 새로운 씨앗을 퍼뜨려 또다른 나무를 만들어내는 것이기 때문이다. 마찬가지로 신념은 결국 꿈을 위해 존재한다. 사람의 임무란 끊임없이 꿈을 꾸고 그 꿈을 실현해가는 것이기 때문이다.

　　지금은 내게 없는 합판 그림 시리즈 〈꿈Dream〉(218쪽)은 그런 생각을 하며 그린 그림이다. 한창 〈황해〉를 촬영하던 중이었다. 예상보다 훨씬 더 길고 힘들었던 촬영 일정 때문에 평소와 달리 쉽게 예민해지고는 했다. 하루는 지쳐서 가만히 넋을 놓고 쉬고 있었다. 마치 몸에서 영혼이 빠져나온 듯한 느낌으로 나를 내려다보며 이런 생각을 했다. '나는 지금 여기서 무엇을 하고 있는 걸까?'

지금 촬영장에서 어떤 장면을 찍고 있는지 묻는 것도 아니었고, 내가 왜 이렇게 힘들게 사는지 하소연하는 것도 아니었다. 별을 바라볼 때 느끼는 아득한 마음으로 스스로를 내려다보며 내가 서 있는 곳을 묻고 있는 것이었다. 별같이 저 멀리 있는 꿈에 다다르기 위해 나는 지금 무엇을 보고 어떤 길을 걸어가고 있는지 생각하게 되었다.

촬영장에서 쓰던 합판을 잘라 그 위에 그림을 그리기 시작했다. 합판은 새로운 질감을 시도하기에 안성맞춤이었고 영화 촬영중에 그린 그림이라는 현장성도 살릴 수 있어서 마음에 꼭 들었다. 나무 위로 쏟아지는 화려한 별빛들. 그 그림을 그리면서 행복했다. 곤두서 있던 신경이 가라앉았고 다시 새로운 에너지가 마음속 깊은 곳에서 차오르는 듯한 기분이 들었다.

그림을 완성하고 나서 20년 뒤, 30년 뒤의 내 모습을 떠올려보았다. 나는 찰리 채플린 같은 배우가 되면 좋겠다고 생각했다. 그의 코미디도 좋아하지만 무엇보다 그가 영화의 모든 부분을 장악하고 있다는 점이 부러웠다. 채플린은 연기뿐만 아니라 각본, 연출 그리고 음악까지

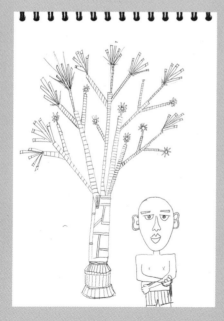

나무 드로잉

직접 담당했다. 그리고 놀라운 점은 시간이 훌쩍 흐른 지금까지도 그의 영화가 대중에 통한다는 사실이다.

하지만 타고난 듯 보이는 재능과 감각 뒤에는 얼마나 많은 노력과 고민이 숨어 있겠는가. 그래서 채플린이 더욱 크게 다가온다. 그렇다고 내가 그처럼 되지 못할까봐 초조하지는 않다. 꿈을 꾸는 것만으로 마음이 풍요로워지기 때문이다. 그리고 그렇게 꿈을 꾸는 순간에 당장 새롭게 해야 할 일들이 생긴다.

가끔 젊은 나이에 보여줄 수 있는 모든 매력과 재능을 소진하고 일찍 시들어버리는 이들을 보면 아깝고 아쉽다는 생각이 든다. 젊음은 완성된 상태가 아니다. 매 순간 사람은 끊임없이 배우고 채워 나가는 과정중에 있기 때문이다. 그러므로 오히려 한 인간이 가장 아름다운 꽃을 피우는 시기는 노년이 아닐까. 노인이 되었을 때 그에게는 삶에서 체득한 많은 장점이 차곡차곡 쌓여 있을 것이다. 나이 들어가는 것이 하나도 두렵지 않다. 지금보다 나는 더 성장해 있을 것이고 더 화려한 꽃을 피울 수 있을 테니까.

그런 점에서 클린트 이스트우드는 내가 생각하는 아름다운 노년의 모습을 보여주는 배우이다. 연기만을 해오던 그는 1971년, 우리 나이로 마흔두 살이 되던 해에 〈어둠 속에 벨이 울릴 때〉를 연출하여 호평을 받는다. 그리고 여든두 살인 지금까지도 비평가와 대중을 놀라게 하는 작품들을 끊임없이 발표하고 있다.

Dream | 합판에 혼합매체 | 88×65cm | 2010

Fly Me to the Star | 캔버스에 혼합매체 | 117×73cm | 2011

배우라면 연출에 한 번쯤은 관심을 기울이게 된다. 클린트 이스트우드는 자신이 배우로서 쌓아올린 이름을 이용해 충분히 더 빠른 시점에 연출 데뷔를 할 수 있었을 것이다. 하지만 그는 섣불리 연출을 시도하지 않았다. 자신의 기량이 충분히 무르익을 때까지 기다렸다.

약간의 재능과 감각을 믿고 섣불리 뛰어드는 경우가 얼마나 많은가. 하지만 그는 그런 유혹에 빠지지 않았다. 그 점이 무엇보다 놀랍다. 당장 시도했어도 그렇게 나쁘지 않은 작품이 나올 수 있었을 텐데 그는 더 좋은 작품을 보여주기 위해 성급한 마음을 꾹꾹 눌렀을 것이다. 꿈을 빨리 이루는 것보다 중요한 것은 그 꿈이 충분히 익을 때를 아는 것이다. 그런 점에서 그가 정말 존경스럽다.

그림에서 나는 아직 시작 단계에 있다. 다행스럽게도 첫 전시회를 통해 좋은 선생님과 동료 들을 만나 좋은 출발을 할 수 있었다. 지금 내가 해야 할 과제는 내 스타일을 만드는 일이다. 그래서 무엇보다 나의 화풍을 만드는 데 최선을 다하고 있다. 하지만 걸음마 단계일지라도 먼 미래에 꿈이 하나 있다.

'하정우' 하면 떠오르는 그림이 한두 점쯤 있었으면 좋겠다. 피카소를 떠올리면 〈게르니카〉〈아비뇽의 처녀들〉이 생각나고 고흐를 떠올리면 〈별이 빛나는 밤에〉〈해바라기〉가 생각나듯이 말이다.

그림을 잘 모르는 사람도 이 그림들은 한 번쯤 본 적이 있을 것이다. 많은 이에게 사랑받지만 그렇다고 해서 그림의 가치가 줄어들지 않는다. 질리지 않고 볼수록 훌륭한 명화로 남아 있는 것이다. 유명하고 값비싸서가 아니라 볼 때마다 사람들에게 새로운 감동과 즐거움을 준다는 점에서 이들은 진짜 명화다. 그런 그림을 그리고 싶다는 마음은 지나친 욕심일까?

그리고 이것은 정말 꿈 좀 깨라, 할 때의 꿈. 집에서 주로 작업을 하다보면 비좁다고 느낄 때가 많다. 완성된 그림을 겹쳐서 세워놓아야 할뿐더러 일단 자유롭게 움직일 수가 없다. 그럴 때 조금 허황되지만 나만의 작업실을 꿈꾸고는 한다.

언제가 될지는 모르지만 내 작업실을 다양한 분야의 예술가들과 교류할 수 있는 곳으로 만들고 싶다. 또한 좋아하는 친구들이 와서 편하게 즐기고 갈 수 있는 공간이었으면 좋겠다. 미래의 작업실을 생각하면 완전히 낭만에 빠져 상상의 나래를 활짝 펼치게 된다.

꿈의 작업실은 모두 4층으로 이루어져 있다. 1층에는 카페가 있었으면 좋겠다. 좋아하는 사람들이 편하게 와서 커피를 마시며 살아가는 이야기와 예술에 대한 이야기를 나눌 수 있도록 말이다. 가끔은 내가 직접 원두를 볶고 물을 내려서 사람들에게 향기 좋은 커피를 대접하고 싶다. 바리스타 하정우라, 멋질 것 같다.

2층과 3층은 내 작업실로 꾸미고 싶다. 일단 천장이 높고 기둥이 여러 개여서 내가 완성한 그림들을 모두 전시할 수 있으면 좋겠다. 카페에 놀러 온 사람들이 이야기를 나누다가 지루해지면 커피를 들고 2층으로 올라와서 내 그림들을 천천히 구경할 수 있도록 말이다. 전시회를 따로 열지 않더라도 언제든지 내 그림을 볼 수 있도록 하고 싶다. 사다리도 있어야 한다. 천장이 높으니 수월하게 작업을 하려면 반드시 필요하다. 친구들이 그 사다리 위에 올라가서 내 그림들을 봐도 좋다.

3층에는 작업 공간 외에 한편에 전시실을 하나 만들고 싶다. 그동안 내가 출연했던 영화의 대본, 의상, 소품 들을 모두 전시하는 것이다. 〈국가대표〉의 스키점프복이라든가 〈추격자〉의 도끼 같은 것들이 한곳에 모여 있으면 재미날 것 같다. 내가 어떤 인물들을 연기했는지 한눈에 볼 수 있기 때문이다. 사람들이 내 그림과 함께 내 영화의 흔적도 만나고 간다면 좋겠다. 내 작업실이 배우와 화가의 흔적들이 겹쳐 있는 공간이기를 바란다.

4층은 옥상이다. 여름밤, 친구들을 불러 흥겨운 파티를 열 수 있도록 텅 비워두고 싶다. 음악을 듣고 가볍게 술을 마시면서 행복한 시간을 보내야지. 그리고 피곤한 사람은 잠시 들어가서 쉴 수 있도록 흰 텐트도 쳐놔야겠다. 헤어지기 전에 거대한 캔버스를 놓고 다 함께 그림을 그려도 재미있을 것이다. 우리들의 행복한 시간이 그곳에 남을 테니.

언젠가 나무와 별을 모티브로 또 한 점의 그림을 그려야겠다. 합판에 그렸던 그림보다 더 웅장하고 화려하게 그릴 것이다. 나무는 계속해서 성장해갈 것이고 또 그만큼 많은 별을 매달 수 있을 테니까. 몇 호짜리 캔버스를 준비해야 할까. 내 키보다 큰 나무에 별이 쏟아져내리려면 최소 150호는 되어야겠지.

무의식적으로 선을,
의식적으로 색을

그 문짝, 아직 남아 있을까.

나에 대한 이야기를 써야겠다고 생각한 순간, 이상하게도 그 문짝이 가장 먼저 떠올랐다. 이사 오기 전에 살았던 집의 화장실 문짝. 큰일을 볼 때마다 펜을 들고 들어가서 문짝을 캔버스 삼아 낙서를 하고는 했다. 처음에는 심심해서 재미로 시작한 일이었는데 결국에는 예상치도 못한 화장실 문짝 작품이 되어버렸다.

지루함을 이겨내려고 변기에 앉은 채로 낙서를 하기 시작했는데 어느 날 보니 그럴듯한 미로가 완성되어 있었다. 더는 채울 곳이 없을 때 색칠을 해야겠다고 마음먹었다. 그래서 그다음부터는 화장실에 갈 때

Fish 3 | 캔버스에 혼합매체 | 65×90.5cm | 2010

마다 물감을 가지고 들어가서 색을 칠했다. 완성된 모습이 꽤 근사했는데 이사 올 때 떼어가지고 올걸. 아마 새 집주인이 떼어버렸거나 흰 페인트로 덮어버렸을 것이다.

요즘도 자주 미로를 그린다. 아무런 생각도 하지 않고 선을 그리는 작업이 즐겁다. 완성된 모습을 보면 꼭 구체적인 설계를 통해 나온 그림처럼 보이지만, 그저 몸이 원하는 대로 선을 이어 나갔을 뿐이다. 그리고 한참 집중해서 선을 그리다보면 나 자신이 투명하게 비워지는 느낌이 든다. 마치 그동안 마음속에 쌓였던 감정과 이야기 들이 그 수많은 선을 따라서 모두 빠져나간 것처럼 말이다.

미로는 워낙 작고 섬세해서 완성하는 데 오랜 시간이 걸린다. 적어도 몇 달은 꾸준히 매달려서 작업을 해야만 캔버스가 미로로 가득 찬다. 어렵사리 미로가 완성되고 나면 잠시 휴식 시간을 갖는다. 담배를 물고 멀리 떨어져서 미로를 바라보는 것이다. 오랫동안 캔버스에 의자를 바짝 붙이고 앉아서 그림을 그리다가, 그렇게 멀리 떨어져서 바라보면 그동안 보이지 않았던 것들이 보이기 시작한다.

거리가 주어지자 비로소 선이 겹쳐지면서 만들어낸 공간이 눈에 들어오는 것이다. 눈에 띈 바로 그 부분에 색을 칠하고 포인트를 준다. 미로를 그리는 동안 쉬고 있던 의식이 활발하게 움직이는 순간이다. 어울리는 색을 찾아서 면을 메우고 나면 그림은 끝이 난다. '이제 그만.' 누가 손을 들어 멈추라고 하는 소리라도 들은 것처럼 더는 손대고 싶지 않은 때가 온다. 그때가 비로소 그 그림을 마무리하는 타이밍이다.

무의식적으로 선을 그리고 의식적으로 색을 칠한다.

무의식과 의식의 조화. 이게 내가 '미로'를 그리는 방식이다.

나는 우리 삶이 내가 미로를 그리는 방식과 비슷하다고 생각한다. 세상의 모든 일은 흘러가는 구름처럼 무심하게 일어난다. 그 일이 일어나야만 했던 필연적인 이유란 없다는 뜻이다. 그런데 멀리서 세상을 바라보면 어떤 규칙과 방향에 따라 그렇게 움직이는 것처럼 보인다. 손이 가는 대로 그린 미로가 다 완성되고 나면 마치 정교한 계획에 따라 만들어진 것처럼 보이듯이 말이다.

사람들은 이 세상을 그대로 내버려두지 않는다. 복잡하고 혼란스러운 세상을 살아가기란 무척 어려운 일이기 때문이다. 그래서 사소한 것에 깊은 의미를 부여하고 저마다 삶의 이유와 목표를 만들어낸다. 그렇게 하고 나면 사람들은 더이상 미로 속을 헤매지 않고 불안을 이겨내며 살아갈 수 있게 된다. 나 역시 미로가 완성되었을 때 그냥 두는 대신 색을 칠하고 싶었다. 우연으로 생긴 공간을 특별하게 바라보고 나만의 방식으로 강조하면서 말이다.

어쩌면 내 이야기를 쓰는 일 또한 그런 게 아니었을까. 글을 쓰기 위해 먼저 나는 미로처럼 엉켜 있는 지난 시간을 들여다보고 희미해진 기억을 선명하게 떠올려야 했다. 그리고 지나간 일들이 내게 어떤 의미를 지니는지 오래도록 생각해보아야 했다.

모래알처럼 흩어져 있던 기억을 모아서 단단한 이야기로 만드는 일은 낯설고 어려운 과정이었다. 머릿속의 생각이 명쾌하게 정리되어야 정확하게 표현해낼 수 있기 때문이다. 마음에 들지 않아서 썼다 지웠다를 반복하며 2010년의 모래성을 쌓았다. 다음 날 바라보면 허물고 다시 짓고 싶은 이야기들일 테지만 일단은 여기에 이렇게 쓰고 다음 장으로 넘어가기로 한다.

이것은 2011년 봄까지의 하정우 이야기.

Map | 캔버스에 혼합매체 | 65.5×90.5cm | 2010

08 파 블 로 피 카 소

피카소는 전생이 다, 열 번이면 열 번 다 화가였을 것 같다. 누군가 이렇게 말했다. 어느 분야에서 최고의 반열에 오른 사람은 이미 전생에서부터 그렇게 되기 위해 노력한 것이라고. 그러니까 최고가 되기 위해서는 한평생의 노력만으로도 부족하다는 뜻이다. 유명하고 훌륭한 예술가는 많지만 피카소는 그중에서도 독보적이다. 여덟 살배기부터 여든 노인까지 열이면 열 모두 피카소는 안다. 세상에 이런 사람이 과연 얼마나 될까?

오른쪽 작품은 피카소가 스물한 살에 남긴 자화상이다. 우울하고도 서늘한 바탕색에서 짐작할 수 있듯이 청색시대를 대표하는 작품이다. 남자 나이 스물한 살. 어리다면 어리고 또 젊다면 젊은 나이. 그런데 그림 속의 청년은 어쩐지 마흔은 되어 보인다. 사는 일의 고단함을 일찍부터 알아버린 듯한 표정 때문이다. 그 표정에 매혹되어 나는 이 그림을 자주 따라 그리곤 했다(18쪽 그림).

무엇보다 나를 사로잡은 것은 거칠게 표현된 흰 이마이다. 우울한 청록색 바탕에 압도되지 않겠다는 듯 이마는 당당해 보인다. 그 덕분에 눈과 야윈 볼에 푸른색이 감돌지만 결코 나약한 느낌은 들지 않는다. 푸른색과 흰색의 대조에서 피카소의 에너지를 느낄 수 있다. 세상을 몰라서 용감한 것이 아니라 고통스러움을 모두 알면서도 지지 않겠다는 에너지 말이다.

파블로 피카소 Pablo Ruiz Picasso_1881~1973

스페인에서 태어나 프랑스에서 활동한 입체파 화가. 19세 때 처음 파리를 방문하여 모네, 르누아르 등 인상파 작품들을 접하고 고갱의 원시주의와 고흐의 표현주의에 영향을 받았다. 파리의 비참한 생활상을 그린 청색시대를 거쳐 입체주의 미술 양식을 창안하였다. 대표작으로 〈게르니카〉 〈아비뇽의 처녀들〉이 있다.

Autoportrait | 캔버스에 유채 | 81×60cm | 1901

09 파울클레

평소보다 일찍 눈이 뜨이는 날이 있다. 그런 날에는 운 좋게도 푸르스름한 어둠을 볼 수 있다. 〈황금 물고기〉의 바탕색은 이런 새벽을 품고 있는 것 같다. 그것은 가능성의 블루이다. 아침이 막 시작될 무렵이라 세상은 실현되지 않은 꿈들로 가득 차 있는 것처럼 보인다.

그림 중앙의 황금 물고기는 금속성의 느낌으로 빛난다. 이 황금 물고기를 보고 있으면 7월의 마지막 주, 어린 시절의 여름방학 풍경이 되살아난다. 이제 막 방학을 했고 개학은 아주 먼 얘기다. 우리는 방학 숙제에 대한 걱정 없이 마음껏 뛰어놀 수 있었다. 배가 부르도록 빨간 수박을 잘라 먹고 선풍기를 틀어놓고 마룻바닥에 누워 낮잠을 실컷 자기도 했다. 그러다가 밤이 깊으면 우리는 말똥말똥한 눈으로 밤을 지새웠다. 풀벌레 소리에 귀를 기울이며 모기를 잡아가며 여름 밤바람을 쐬기도 하고 가족들이 모두 모여 앉아 텔레비전을 보다가 한밤중에 라면을 끓여 먹기도 했다. 살찔 걱정 따윈 없던 시절의 이야기다.

이 그림은 나를 풍요로운 여름밤의 추억 속으로 들어가게 해준다. 마냥 신나고 즐겁고 흥미진진하기만 했던 시간들로.

파울 클레 Paul Klee_1879~1940

스위스 출신의 화가. 국립 음악학교 교사인 아버지와 성악가인 어머니 사이에서 태어났다. 초기에는 사회 비판적이고 그로테스크한 경향의 동판화를 제작하다가 1911년에 칸딘스키를 만나서 청기사파에 합류한다. 1914년 튀니지 여행을 통해 색채에 눈뜨게 되면서부터 자신만의 독특한 세계를 펼치게 된다. 말기에는 아이가 그린 듯 단순한 형상과 기호를 사용함으로써 자신의 심정을 반영하였다.

Le Poisson d'Or | 보드지에 유채 | 49.6×69.2cm | 1925

10 빈센트반고흐

익숙해진 방의 분위기를 새롭게 바꾸고 싶을 때 우리는 조명을 이용한다. 평소보다 어둡게 하거나 밝게 만들면 그에 따라 기분도 변한다. 여기에 음악까지 흐르게 한다면 분명히 전혀 다른 공간이 될 것이다. 조명과 음악, 그것으로 충분하다.

이 그림을 보면 고흐가 빛과 소리에 무척 예민한 화가였으리라는 생각이 든다. 〈해바라기〉를 연상시키는 노란색의 카페 조명 때문에 밤하늘과 건물 기둥은 푸르스름해 보인다. 이 노란색과 파란색의 대비는 그림에 생기를 불어넣고 있다. 활력적인 밤의 풍경이다.

비록 그림에서 음악을 들을 수는 없지만 적어도 상상은 할 수 있다. 카페 안쪽으로부터 음악 소리가 희미하게 새어나오는 것 같은 느낌이 들지 않는가? 아코디언이나 바이올린으로 연주되는 따뜻하고 여유로운 분위기의 음악이 흐르고 있을 것이다. 여기에 사람들의 웅성거림과 발걸음 소리가 합쳐져 낭만적인 밤의 풍경이 완성되는 것이다.

활력적이고 낭만적인 밤의 카페. 100년도 더 된 풍경이지만 서울의 어느 골목에서라도 마주칠 것 같다.

빈센트 반 고흐 Vincent van Gogh_1853~1890
네덜란드의 후기 인상파 화가. 성직자가 되려고 했으나 신학대학에 떨어졌고 격정적인 기질 때문에 전도사로서도 인정받지 못했다. 그림이 자신을 구원하리라 여기고 화가의 길을 걷기 시작했다. 인상파의 그림에 일본 우키요에를 받아들여 밝은 화풍을 일구었으며 파리에서 아를로 이주한 후 〈해바라기〉와 같은 걸작을 남긴다. 정신쇠약으로 권총 자살을 했다.

Café Terrace, Place du Forum, Arles | 캔버스에 유채 | 81×65.5cm | 1888

Thanks to

    이 세상 모든 영화의 마지막 장면은 엔딩 크레디트ending credits로 이루어진다. 검은 바탕 위로 사람들의 이름이 하나둘씩 떠오를 때면 한 편의 영화를 만들기 위해 얼마나 많은 이들의 도움이 필요했는지를 새삼스레 깨닫게 된다. 그 이름들이 모두 지나간 뒤에야 영화는 비로소 끝이 나는 것이다.

    이 책도 마찬가지이다. 처음에는 내 안에 생각보다 많은 이야기가 존재함을 알고 놀랐다. 그러나 원고의 부피가 늘어갈수록 이 이야기가 온전히 나의 힘으로 만들어진 것이 아니라 사람들을 통해 생겨난 것임을 깨닫게 되었다. 그들이 아니었다면 내게는 추억에 잠긴 채 행복한 마음으로 떠올릴 수 있는 소중한 기억들이 존재하지 않았을 것이다.

    그들을 여기에 모두 적고 싶다. 고맙다는 인사의 말이 진부한 표현으로 들릴까봐 조금은 염려하는 마음으로, 혹시 빠뜨린 사람이 있더라도 내 기억의 장난일 뿐이니 부디 섭섭해하지 않았으면 하는 바람으로, 이름을 떠운다.

    강성범, 강신철, 고낙선, 고승길, 고현정, 공효진, 구은애, 권세인, 권우희, 김강우, 김건형, 김기덕, 김나영, 김동욱A, 김동욱B, 김상태, 김영남, 김영훈, 김용건, 김용화, 김윤석, 김은혜, 김재민, 김재화, 김종근, 김준, 김준규, 김지석,

김지혜, 김진아, 김태석, 김태환, 김현기, 나병준, 나홍진, 마동석, 문무겸, 문병철, 문유강, 박광춘, 박근수, 박동우, 박민관, 박혜광, 배선회, 배재훈, 백성철, 백승현, 변봉현, 보리, 서강준, 서영조, 서정준, 손영성, 신우철, 신창석, 심현규, 안상원, 안인규, 양재복, 양정웅, 양준영, 양현승, 염홍원, 오의택, 오종훈, 우희일, 우희진, 원영철, 유인촌, 유철용, 윤계상, 윤여생, 윤종빈, 이경운, 이교육, 이동휘, 이범수, 이보은, 이상원, 이상현, 이상훈, 이석원, 이성재, 이승준, 이영미, 이우정, 이윤기, 이재연, 이재웅, 이정현, 이지훈, 이창재, 이철오, 이현배, 이현하, 이형곤, 이희재, 임재근, 임현성, 잠원동 임수정, 장원석, 전계수, 전도연, 정경호, 정나연, 정미정, 정유, 조광현, 지진희, 채경화, 채윤도, 채홍덕, 최규환, 최길용, 최당석, 최민식, 최상호, 최재환, 최정일, 최진욱, 최치림, 하용빈, 하준호, 한달호, 한성천, 홍상수, 황승현, 황예인, 황우성……

그리고 이 책을 읽고 계신 당신.

한 분 한 분께 진심으로 고마운 마음을 전합니다.

2011년 4월 하정우

PAINTINGS

2007–2011

2007

Wind | 2007

Untitled | 2007

Flower 1 | 2007

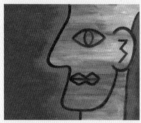

Man | 2007 | 44쪽

Time Out | 2007 | 164쪽

Untitled | 2007

Tree 1 | 2007

Fish 1 | 2007

2008

Untitled | 2008 | 62쪽

Actor | 2008 | 10쪽

Dog 1 | 2008

Untitled | 2008

Untitled | 2008 | 157쪽

Untitled | 2008

2009

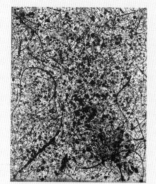

History 1 | 2009 | 38쪽

History 2 | 2009 | 39쪽

Window | 2009 | 160쪽

Mr. Lee 1 | 2009 | 129쪽

Mr. Lee 2 | 2009 | 132쪽

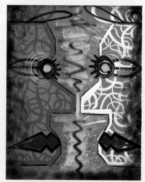

Day & Night 1 | 2009 | 31쪽

2009

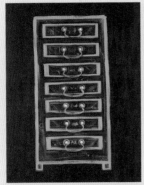

Drawer | 2009

Event | 2009

Wave | 2009

Whiskey | 2009 | 177쪽

X | 2009

Tree 2 | 2009

Fish 2 | 2009

Alaska | 2009 | 28쪽

Trace | 2009 | 45쪽

Street | 2009 | 103쪽

Dog 2 | 2009 | 43쪽

Bull | 2009 | 167쪽

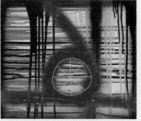

No.6 | 2009

Fishes | 2009 | 66쪽

2010

Day & Night 2 | 2010 | 33쪽

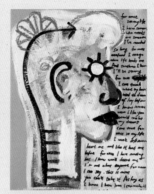

Untitled | 2010

Rocker | 2010

Flower 3 | 2010 | 125쪽

Spider Man | 2010 | 203쪽

Tree 3 | 2010

Fish 3 | 2010 | 224쪽

Mask | 2010 | 50쪽

Trust Me! I Am a Doctor | 2010 | 182쪽

Me | 2010 | 194쪽

Flower 4 | 2010

Dream | 2010 | 218쪽

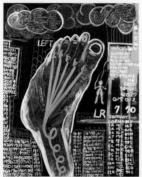

Foot | 2010 | 13쪽

Queen | 2010 | 22쪽

Production 1 | 2010 | 65쪽

Still Life | 2010

2010

It Will Stop Soon | 2010 | 113쪽

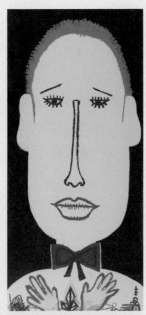

Lonely Night | 2010 | 174쪽

King | 2010 | 148쪽

Flower 2 | 2010

My Hair Designer | 2010 | 204쪽

Map | 2010 | 228~229쪽

Production 3 | 2010 | 169쪽

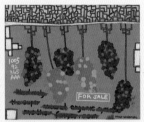

For Sale | 2010

Chee Ken | 2010 | 119쪽

Production 2 | 2010 | 147쪽

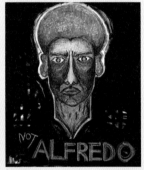

Not Alfredo | 2010 | 100쪽

Love | 2010 | 208쪽

2011

Nothing to Smile About | 2011 | 197쪽

Baby | 2011 | 57쪽

I Love Film | 2011 | 107쪽

Joker Love | 2011 | 53쪽

Ray Charles | 2011 | 149쪽

Pierrot of Tears | 2011 | 54쪽

Monarina | 2011 | 21쪽

Star | 2011 | 211쪽

Present | 2011 | 122쪽

Memory of Friday Night | 2011 | 190쪽

Wig? | 2011 | 71쪽

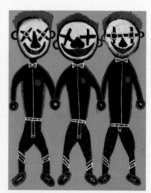

HwangHae | 2011 | 58쪽

2011

I Saw You Dancing | 2011 | 77쪽

Nothing to Talk About | 2011 | 74쪽

Smile | 2011 | 110쪽

No.18 | 2011 | 185쪽

Exercise | 2011 | 144쪽

I Was Born in 1978 | 2011 | 155쪽

I Don't Know Who I Am | 2011 | 56쪽

Keep Silence | 2011 | 15쪽

Tell Me How You Feel | 2011

Fly Me to the Star | 2011 | 219쪽

2011

Smile Again | 2011

Mr. Lonely | 2011

Just Laughed | 2011

Alone | 2011

Brothers | 2011

Brave Heart | 2011

Mao | 2011

Sorry | 2011

Thinking | 2011

What Does Your Father Do | 2011

Mr. Jo | 2011

Gloomy Monday | 2011

FILMOG

영화

2012 〈범죄와의 전쟁〉 〈러브픽션〉 〈577프로젝트〉
2011 〈의뢰인〉
2010 〈황해〉 〈평행이론〉
2009 〈국가대표〉 〈보트〉 〈잘 알지도 못하면서〉
2008 〈멋진 하루〉 〈비스티 보이즈〉 〈추격자〉
2007 〈숨〉 〈두번째 사랑〉
2006 〈구미호 가족〉 〈시간〉
2005 〈용서받지 못한 자〉 〈잠복근무〉
2004 〈슈퍼스타 감사용〉
2003 〈마들렌〉

TV 드라마

2007 MBC 〈히트〉
2005 SBS 〈프라하의 연인〉
2004 KBS 〈무인시대〉
2002 SBS 〈똑바로 살아라〉

연극

2003 〈오셀로〉
2002 〈고도를 기다리며〉 〈유리 동물원〉
2001 〈굿 닥터〉 〈카르멘〉
2000 〈굳세어라 금순아〉

수상

2011 제47회 백상예술대상 영화부문 남자 최우수연기상, 아시안필름어워드 남우주연상
2010 제46회 백상예술대상 영화부문 남자 최우수연기상
2009 청룡영화상 인기스타상, 부일영화상 남우주연상, 부산영화평론가협회상 남우주연상
2007 판타스포르토 국제영화제 남우주연상
2006 디렉터스컷 시상식 올해의 신인연기자
2005 한국영화평론가협회상 신인남자연기상

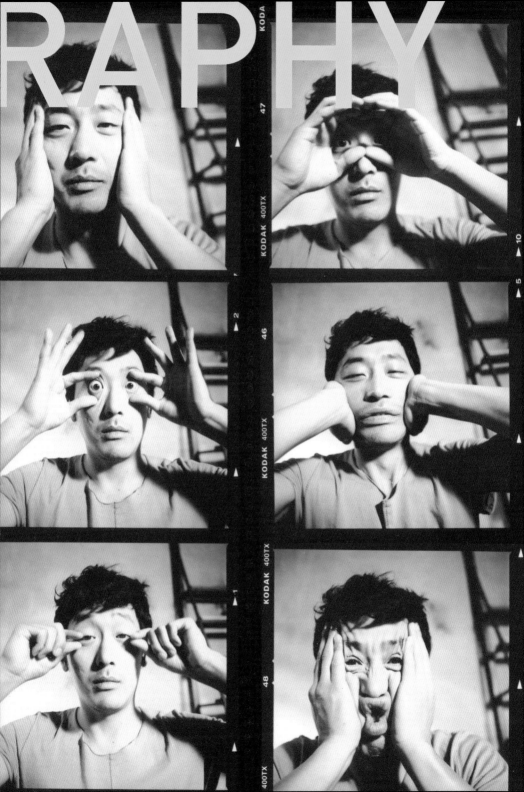

하정우, 느낌 있다

ⓒ 하정우 2011

1판 1쇄 │ 2011년 5월 17일
1판 12쇄 │ 2021년 6월 25일

지은이 하정우
기획 서영희
책임편집 양재화 │ 편집 서영희 강지혜 │ 디자인 김선미
마케팅 정민호 양서연 박지영 안남영 │ 홍보 김희숙 김상만 함유지 김현지 이소정 이미희 박지원
제작 강신은 김동욱 임현식 │ 제작처 영신사
공동기획 N.O.A Entertainment 김태엽 민수경 이상훈 서강준

펴낸곳 (주)문학동네 │ 펴낸이 염현숙
출판등록 1993년 10월 22일 제406-2003-000045호
주소 10881 경기도 파주시 회동길 210
전자우편 editor@munhak.com │ 대표전화 031)955-8888 │ 팩스 031)955-8855
문의전화 031)955-2655(마케팅) 031)955-2697(편집)
문학동네카페 http://cafe.naver.com/mhdn │ 트위터 @munhakdongne
북클럽문학동네 http://bookclubmunhak.com

ISBN 978-89-546-1466-5 03810

www.munhak.com

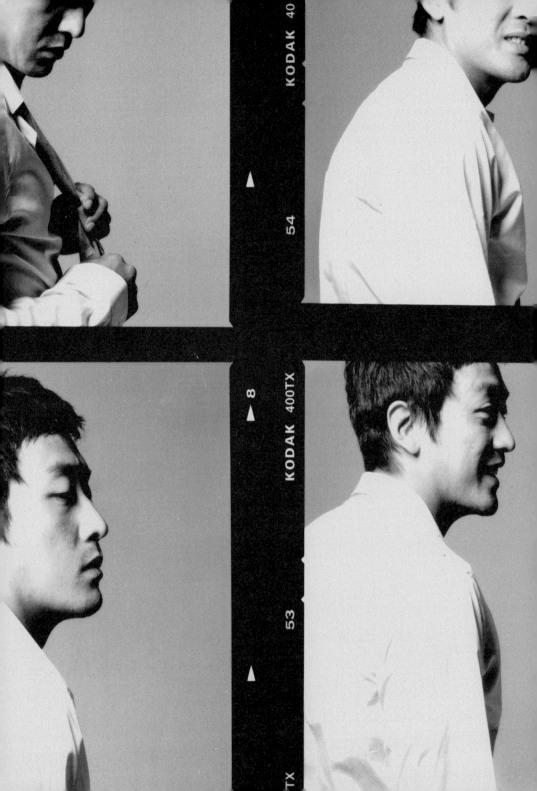

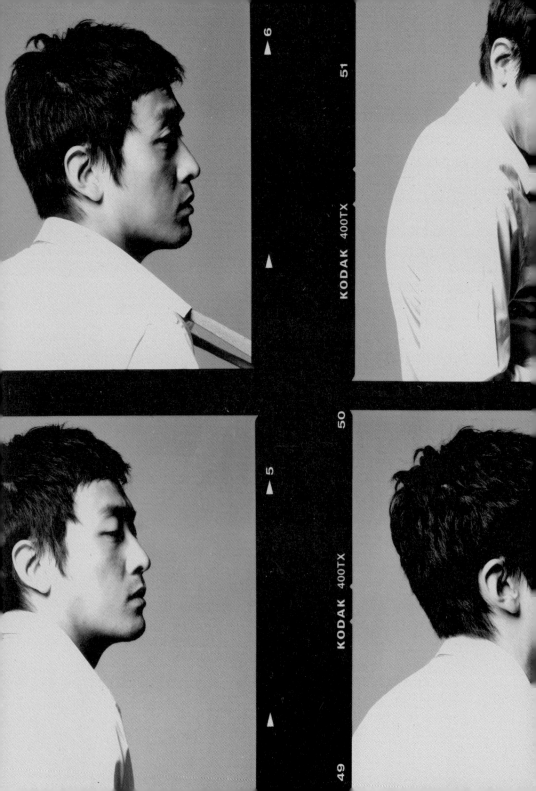